마블의 아버지 스탠 리 회고록

AMAZING FANTASTIC INCREDIBLE: A Marvelous Memoir by Stan Lee, Peter David and Colleen Doran
Text copyright ⓒ 2015 by POW! Entertainment.
Art copyright ⓒ 2015 by Colleen Doran.
All Marvel Comics art and related characters ⓒ Marvel.
"Just Imagine Stan Lee's Superman" and "Just Imagine Stan Lee's Aquaman" copyright DC Comics.
Soldier Zero, Starborn, and Traveler are copyright 2011-2015 Boom Entertainment and POW! Entertainment.
Chakra, the Invincible ⓒ 2015 Graphic India Pte. Ltd. and POW! Entertainment. Artwork by Graphic India Pte. Ltd.
Heroman ⓒ B, P, W / HPC / TX.
Blood Red Dragon ⓒ 2015 Sky Entertainment and POW! Entertainment.

ISBN 978-89-314-5515-1

독자님의 의견을 받습니다.
이 책을 구입한 독자님은 영진닷컴의 가장 중요한 비평가이자 조언가입니다. 저희 책의 장점과 문제점이 무엇인지, 어떤 책이 출판되기를 바라는지, 책을 더욱 알차게 꾸밀 수 있는 아이디어가 있으면 팩스나 이메일, 또는 우편으로 연락주시기 바랍니다. 의견을 주실 때에는 책 제목 및 독자님의 성함과 연락처(전화번호나 이메일)를 꼭 남겨 주시기 바랍니다. 독자님의 의견에 대해 바로 답변을 드리고, 또 독자님의 의견을 다음 책에 충분히 반영하도록 늘 노력하겠습니다.

이메일 _ support@youngjin.com
주 소 _ (우)08505 서울시 금천구 가산디지털2로 123 월드메르디앙벤처센터2차 10층 1016호 (주) 영진닷컴 기획1팀
파본이나 잘못된 도서는 구입하신 곳에서 교환해 드립니다.

만든 사람들

저자 Stan Lee | 역자 안혜리 | 책임 김태경 | 진행 정소현 | 내지 편집 최영민, 함세영 | 표지 디자인 최영민 | 인쇄 예림인쇄

역자 머리말

우주의 창조 뒤에는 그것과 관련된 많은 이야기가 있다.

인류에게 가장 많이 읽히는 책인 성서 중 구약성서 '창세기'에는 창조주 야훼가 6일에 걸쳐 우주와 인간을 창조하는 과정이 장엄하게 나온다.

마블의 수많은 슈퍼히어로를 창조한 미국 만화계의 신화적 인물인 스탠 리의 회고록은 그런 면에서 히어로물의 '창세기'와 구약성서에 비견될 수 있다.

2000년대 이후 한국 문화시장에 들어와 빠른 속도로 확산되고 있는 미국의 유명 만화회사와 영화제작자들이 만든 각종 영화, 출판물은 일종의 문화충격으로 우리에게 다가왔다.

이 복잡한 세계와 그 메커니즘을 이해하기 위해서는 히어로들이 창조되는 과정을 들여다 볼 필요가 있다. 이 책은 그런 요구와 필요를 충족시키기에 매우 적합한 가이드다.

마블이나 DC가 창조하고 발전시킨 만화 세계는 펄프(pulp), 혹은 하위문화(subculture)로 간주되었다. 시간이 지나고 문화가 발달하면서 더 이상 펄프가 아니라 주류 문화의 한 축이 되어가고 있다. 이들의 영향력은 엔터테인먼트 전 분야에 강하게 행사되고 있으며 마블과 DC가 없는 영화나 드라마, 혹은 코믹스는 더 이상 상상하기 어렵게 되었다.

그 중심에 '스탠 리'라는 거인이 서 있다.

스탠 리가 창조한 700명 가까운 슈퍼히어로들과 그들의 서사적인 이야기는 다른 모든 신화나 종교적 이야기처럼 신이 아니라 인간이 만든 신화이다.

스탠 리는 슈퍼히어로를 초월한 모습, 다시 말해 근접하기 힘든 절대 능력을 가진 존재가 아니라 인간의 향기, 인간의 모습, 인간의 고뇌를 동시에 지니고 있음을 보여주려고 노력한다. 그러다보니 우리는 그들에게서 동질감을 느낄 수 있고 같이 열광하고, 같이 분노하고, 같이 아파하기도 한다.

종교는 신화에서 발전된 형태로 정착되기도 하고 고대 종교가 신화로 변해 전승되기도 한다. 그 신화는 문화와 풍습의 형태로 인간의 삶에 흡수되어 예술과 인문학의 한 축으로 자리 잡는다.

이 책을 번역하면서 스탠 리가 창조해 낸 신화가 어느 순간 보편 문화와 풍습 속에 일정한 위치로 자리 매김할 것 같은 전망이 보이기도 했다.

코믹 북을 좋아하는 사람의 입장으로서 이런 상상과 전망은 매우 행복한 경험이다.

그 행복함을 이 책을 통해 같이 나누고 싶다.

프랑스 파리에서 Lufie가.

3

이 책에 참여하신 분들

저자
STAN LEE and PETER DAVID
with contributions from POW! Entertainment

미술
COLLEEN DORAN

채색
BILL FARMER
with Val Trullinger, Juan Fernandez, Joseph Baker, and Jose Villarubia

식자, 고전만화 복원, 조사 협력
ALLAN HARVEY

배경 미술 보조
RANTZ HOSELEY

우리와 함께 작업했거나 이 책을 위해 작업에 도움을 준 작가들의 은혜에 무한한 감사와 존경을 드립니다.

도움을 주신 분들 :

Joe Maneely	Larry Lieber	John Romita, Sr.	Barry Windsor-Smith
Steve Ditko	Joe Simon	Jim Steranko	John Buscema
Adam Hughes	Arnold Sawyer	Frank Kelly Freas	Charles Addams
Gil Kane	Alex Saviuk	Scott McDaniel	Klaus Janson
Syd Shores	Frank R. Paul	Sol Brodsky	George Tuska
Mike Esposito	Frank Giacoia	Vince Colletta	John Carter
John Severin	Wally Wood	Alan Weiss	Gray Morrow
Don Heck	Dick Ayers	George Klein	Joe Sinnott

Irving Forbush(그냥…) 그리고 특별한 우리의 영웅, king, Jack Kirby

또한 추가적인 참고 사진들의 도움을 받았음을 알립니다.

Max Anderson	Michael Uslan	Gerry Conway	Joe Field and Flying Colors	Spencer Beck

여러분들을 만나서 얼마나 기쁜지 말로 다 표현할 수가 없군요! 난 지난 수십 년간 여러분을 즐겁게 하고, 정신을 쏙 빼게 하려고 노력해왔어요!

오늘은 그간의 우여곡절을, 약간 삼천포로 빠져가며 이야기해보죠!

아무래도 처음부터 이야기해야지?

그리고 자라난 곳은…

나는 1922년 12월 28일 뉴욕에서 태어났어요.

이봐!! 여기 대형스크린이 있잖아!

내 모습을 감상할 수 있는데 왜 굳이 당신들을 쳐다봐야하지?

잠깐만, 이러면 내 얼굴이 안보이잖아!

어처구니 없구만! 내 뒤통수를 쳐다보긴 싫단 말일세!

에잇. 어쨌거나. 뭐 꽤 괜찮아 보이네. 조니[1]가 아주 잘해줬어.

난 어른이 되고 한 번도 이발소에 간적이 없어요. 조니가 늘 내 머리를 잘라줬지.

하지만 조니 얘긴 나중에 하고, 더 중요한 얘길 해야겠지. 바로 내 얘기 말이요.

어쨌든, 이 몸은 내 어린 시절 살았던 아파트에서 태어났지. 내 아버지는 **잭 리버**, 어머니 성함은 **셀리아**였어. 아버지는 젊을 때 미국으로 들어온 루마니아 출신 이민자였어. 우리 어머니는 뉴욕에서 태어나셨고 말야.

그 시절 즈음에는 원래 웨스트엔드 에비뉴의 웨스트 98가에 있던 아파트에서 워싱턴 헤이츠로 옮겨 살고 있었지.

9년 뒤, 내 남동생 **래리**가 태어났어. 우린 한 번도 서로를 제대로 이해해보지 못한 것 같아. 래리가 5살이었을 때 난 14살이었고 난 좀 더 성숙한 애들과 어울렸거든.

난 주로 책을 읽으며 시간을 보냈어.

난 책이 너무 좋았어.

그것도 그렇지만, 우리 어머니는 내가 책 읽는 모습을 바라보는 것을 참 좋아하셨지.

껌을 씹는 것도,

숨 쉬는 것조차 말야.

아마 내 자존감의 출처는 내가 하는 모든 일이 다 굉장하다고 생각하신 우리 어머니 때문 일거야.

어떤 책들을 읽었냐고?
안 읽은 책이 뭐냐고 묻는 게
빠를 거야.

읽을게 없으면 케첩
병의 포장지까지 읽어
댔으니 말야!

더 하디 보이스, 타잔,
톰 스위프트[4] 같은 것들도
읽었지.

어릴 땐, 마크 트웨인[2]이나
쥘 베른[3]이 쓴 거라면 죄다
읽었고…

좀 더 나이 들고선, 에드거
앨런 포[5]의 시와 단편들을
읽었고 말야.

Nevermore

우리 집 형편이 좋았던 적은 한 번도 없었어.

창밖으로 보이는 풍경이라곤 벽돌로 된 옆 건물의 뒤통수 밖에 없었지.

나중에 부자가 되어 창밖으로 거리가 펼쳐지는 집을 사는 게 내 꿈이었어.

아버지는 재단사셨어. 하지만 주로 구인구직 광고를 훑으며 일자리를 찾느라 하루를 보내셨지.

그때는 대공황 시대였고, 일자리라고는 없었어.

없어요?

당연히 없소. 있은 적이 없어.

도대체 이번 달 집세는 어떻게 내야 할지 깜깜하구만!

밤이면 자리에 누워 내가 좀 더 어른이어서 직업을 구할 수 있으면 좋겠다고 생각했지. 하지만 대체 내가 할 수 있는 일이 뭘까?

열심히 궁리하다보면 뭔가 떠오를 거라 여겼어.

또 핫도그예요?

우리 형편상 어쩔 수 없단다.

콩이라도 없나요?

너희 아버지가 돈을 좀 더 벌어 오시면 가능할지도…

난 지금 최선을 다하고 있다고!

내가 노력 안하는 거 같아? 안하는 거 같냐고!

아버지가 그렇게나 좌절하는걸 보면서 내 어린 가슴은 무너졌지.

콰!

네 동생 좀 보고 있으렴.

내 인생의 황금기는 아니었지.

그렇다고 오해하진 마. 그렇게 끔찍한 삶은 아니었거든.

요즘도 난 우리 아버지가 하루 종일 신문의 구인구 직란을 필사적으로 찾아 보던 때가 기억이 나.

있지도 않은 일자리를 찾으면서 말야.

우리 부모님도 한 때는 낭만 적인 커플이었을 텐데 말야.

하지만 늘 다투고 계셨지. 주로 돈 문제 때문에 말야.

그래도 이거 하난 확실해. 덕분에 노동 윤리 하나는 확실히 주입되었다는 사실.

내 학업에도 영향을 끼쳤지. 얼마나 열심히 공부했는지 월반을 해댈 정도 였어. 즉 나보다 나이 많은 선배들과 수업을 해야 했다는 뜻이지.

여름만 빼고 말야. 그때는 모든 아이들이 희한한 아메리카 인디언 식 이름을 달고 여름 캠프를 갔지.

그러면 거리는 텅텅 비었고 재미라곤 전혀 없었어.

그래도 사는 낙이 영 없진 않았어.

어떤 해는 부모님이 믹서기를 살만큼 형편이 되셨어.

늘 우유와 초콜릿 아이스크림, 바나나 반개, 계란 하나, 초콜릿 크래커 두개를 넣고 갈아댔지.

그리고 짜잔! **밀크셰이크** 탄생!

천국의 맛이었어.

하지만 그것 말고는…

별로 할 만한 일이 없었어.

공은 하나 있었지.
그 정도 형편은 됐거든.

나는 학교 운동장에 가서
나랑 공놀이 할 사람을 찾곤
했지.

하지만 주말엔 아무도 없었어.
다른 애들은 다 부모님 차를 타고…

놀러 다니거나
드라이브를 했거든.

우리 부모님은 차를 살 돈은 없으셨어.

그러니 아무데도 못 갔지. 내 삶은
막다른 길에 다다랐어.

스탠…
네게 선물이
있단다.

네?

물론, 그것도 열두 살 생
일 때까지였지만 말야!

도대체 어떻게 두 분이 그런 돈을
마련했는지 모르겠지만, 그 자전거
는 곧 내 베스트 프렌드가 되었어.

난 극장에서 시간을 거의 다 보냈지. 특히나 모험 이야기와 그 주인공들을 좋아했어.

에롤 플린[16]도 그 중 하나였어. '로빈 후드의 모험'은 최고의 영화 중 하나였지.

나는 주인공이 되는 상상을 하곤 했어…

외출만 하면 위기에 처한 여자애가 없을까 찾아다녔지. 내가 구해주려고 말이야!

다행히도, 그런 경우는 한 번도 없었어. 만약 실제로 시도했었다면 난 이미 죽은 목숨이었을걸.

철이 들면서 가계를 도울 돈을 벌려고 별별 일들을 다 했지.

사무실에 점심 배달도 했어.

신문사에서도 일했는데. 아직 살아있는 유명 인사들의 부고 기사를 미리 쓰는 일이었어.

너무 우울해서 그만 둬버렸지.

그 다음엔 덴버 병원의 광고를 만들었어.

사람들더러 얼른 병이 나서 이 병원에 가라고 재촉하는 것이 옳은 일인지 고민되더군.

바지 공장에서도 일했어.

아무도 내 이름을 기억해주지 않았고, 그냥 이렇게 소리 질러서 불렀지.

꼬맹이!

정말 싫었어.

다행히도 몇 주 뒤에 해고당했지.

제일 좋았던 일은 타임스퀘어의 리볼리 극장에 좌석 안내인으로 있을 때였어. 처음으로 영화계에서 일하게 된거지!

유명인사들까지 만났다니까.

엘레노어 루즈벨트[17]. 영부인께서 우리 극장에 들르셨지.

네 명의 경호원에 둘러싸여서 입장 하시더군.

극장에 있는 네 개의 통로 중에 바로 내 구역을 선택하신거야!

난 너무 자랑스러워서 머리가 터질 것 같았어!

작대기처럼 뻣뻣하게 걸어 나갔지.

그러다 어떤 머저리가 내민 발에 걸려 넘어지고 말았어.

쿠당탕! 하고 바닥에 처박혔지.

뭐 자랑스러운 순간은 아니었지.

젊은이, 괜찮아요?

하지만 이건 내가 '**스탠 리**'가 되기 전의 일들이니까 말이야. 그 뒤의 만남들은 더 멋졌거든. 그건 조금 이따 설명해주지.

스탠! 네 삼촌 롭이랑 오늘 얘기했는데 말이다.

네?

삼촌이 일하는 출판사에서 사무 보조를 찾고 있다더구나.

무슨 책을 출판하는 곳인데요?

온갖 종류의 잡지들이라던데.

"웨스트 42가 맥그로힐 건물이라고 하더구나."

McGRAW-HILL

우와! 만화책도 출판하세요?

물론이지! 그건 **캡틴 아메리카**라는 작품이라네.

글과 그림 모두 송구하게도 바로 이 몸…**조 사이먼**[18]이 맡았지.

타임리 코믹스의 편집자라네. 자네가 **스탠리 리버**인가?

네. 맞습니다.

자네 코믹 북[19]이 뭔지 아나?

코믹 스트립[20]같은 건가요?

처음엔 그랬지. '페이머스 퍼니즈'라는 책이었어. 7년 전에 출판됐는데 코믹 스트립 모음집이었지.

지금은 주요 사업이 되었어. 캡틴 아메리카 같은 슈퍼히어로들을 포함해 창작물을 출판하는 일이 말이야."

제가 아는 히어로로는 '슈퍼맨' 하나뿐인데요.

아니, 그건 내셔널 **페리오디컬스** 출판사[21]꺼야. 슈퍼맨, 배트맨…

우리 경쟁사지.

그건 그렇고, 이쪽은 나와 일하는 캡틴 아메리카의 **아티스트**[22]이자 공동 글 작가인…

잭 커비[23]라네.

엄청난 시가 연기 덕분에 얼굴을 알아보기도 힘들 정도였었지.

뭐, 요점을 말하자면 우리 매출은 지금 하늘을 찌르고 있다네.

그거 잘됐네요!

그리고 잭과 나는 조수가 필요하지. 샌드위치랑 커피 가져오고 잉크병 채우고 연필선 지우고, 그런 잡일을 해줄 사람 말이야.

잘만하면 자네도 글 좀 써 볼 기회가 올지도 몰라.

그쪽 경험이 조금 있다고 들었는데?

물론이죠! 있습니다.

고등학교 잡지 맥파이[24]에서 글을 쓰기도 했고

헤럴드 트리뷴[25]의 '이번 주의 대박 뉴스' 공모전에도 참가하고 한두 가지가 아닙니다!

일주일에 8달러를 지급하지. 맘에 드나?

언제 시작하면 되죠?!

그렇게 대서막이 열린 거지!

사실 일하는 재미가 쏠쏠했어. 모든 게 다 쿨하고 격식 없이 자유로웠거든!

저게 대체 뭔~~ 소리야?!

'양키두들댄디[26]'인데요. 더 불러줄까요? 아직 한참 남았는데.

됐거든.

이 페이지 끝났으니 잉크선 딴 것 밑에 연필 밑선 지워줘. 판화 쪽에 넘겨야 하니까 말이야.

그거 새 히어로 소재로 괜찮네요. '더 휴먼 이레이저' 어때요?

이야! 나 월급 좀 더 받아야겠다.

뭐? 겨우 일주일 일한 녀석이 뭔 소리야!

그치만 새로운 캐릭터를 만들어 줬잖아요!

24

CAPTAIN AMERICA FOILS the TRAITOR'S REVENGE

By
Stan Lee

캡틴 아메리카
배반자의 복수를 저지하다!
스탠 리 저

와우! 드디어 내가 프로 작가가 된 거야!

'캡틴 아메리카, 배반자의 복수를 저지하다' 제목도 내가 지었어!

그리고 맞아. '스탠 리' 바로 그 필명을 썼지.

내가 쓴 첫 성공작은 "헤드라인 헌터 : 해외 통신원"이란 제목으로 캡틴 아메리카 다섯 번째 이슈에 나왔어.

한편으로는…

발행인 **마틴 굿맨**[27]이 등장할 때였지.

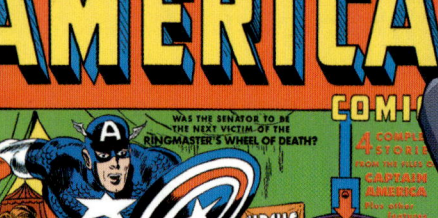

그 분은 내 사촌의 남편인 데도 불구하고 나와 별 교류는 없었지.

허나, 그의 출현이 바꿔놓은 게 있었으니…

놀랍게도, 조와 잭이 **타임리 코믹스**[28]를 떠난거야!

아마도 내셔널 페리오디컬스에서 일하기 위해서였겠지.

하지만 걱정마, 잭 커비의 이야기는 앞으로 많이 남았으니까.

사실 두 사람이 떠난 정확한 이유는 몰라. 내가 아는 건 오로지 하나.

갑자기 코믹스 부서가 내 차지가 됐다는 거!

마틴에겐 선택의 여지가 없었겠지! 달리 맡길 책임자라곤 없었으니까.

그리고 **1942년**, 또 모든 것이 바뀌었지.

내가 군대에 간 거야. 왜냐하면 캡틴이 싸우는 가상의 이야기를 쓰는 것만으론 충분하지 않았거든.

진짜 전쟁이 벌어지는 와중에 가짜 이야기만 쓰고 있을 순 없었어.

하지만 영웅이 될 기회는 한 번도 없었지.

난 통신대에 배치되어서 뉴저지에 있는 몬머스 요새에 투입되었어. 혹시 나치가 나타날 걸 대비해서 대서양을 바라보는 게 내 임무였어.

춥고 외로운데다 적은 코빼기도 안 비쳤지.

정신차려보니, 이번에는 뉴욕 아스토리아의 특수부대로 전입되었더군.

아무래도 내가 사회에서 작가였다는 걸 알아낸 모양이야. 날 훈련 영상 부서로 보내더군.

내가 바라던 멋진 군인 이미지는 아니지만, 그런대로 할 만 했어.

그곳에서 내가 함께 일한 작가들은 **윌리엄 사로얀**[29]…

찰스 아담스[30]…

프랭크 카프라[31]…

'닥터 수스'[32]로 잘 알려진 **테오도르 가이젤**…

…그리고 '미녀삼총사'[33]를 만든 이들과 함께 했지.

"그래서 거기서 쓴 작품이 뭐죠?" 라고 묻겠지.

병사를 위한 영화들! 다음과 같은 아〜주 멋진 제목을 달고 있지.

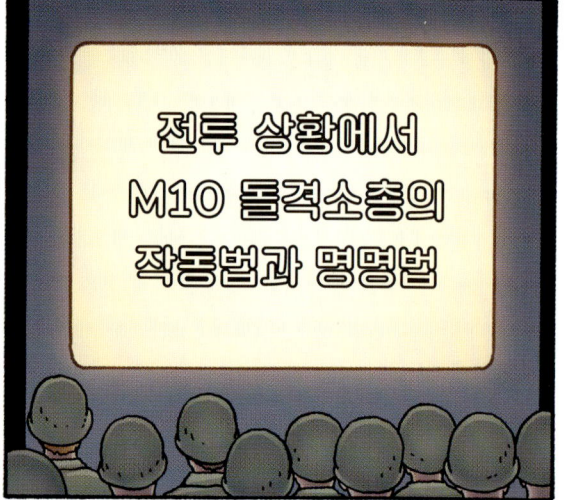

전투 상황에서 M10 돌격소총의 작동법과 명명법

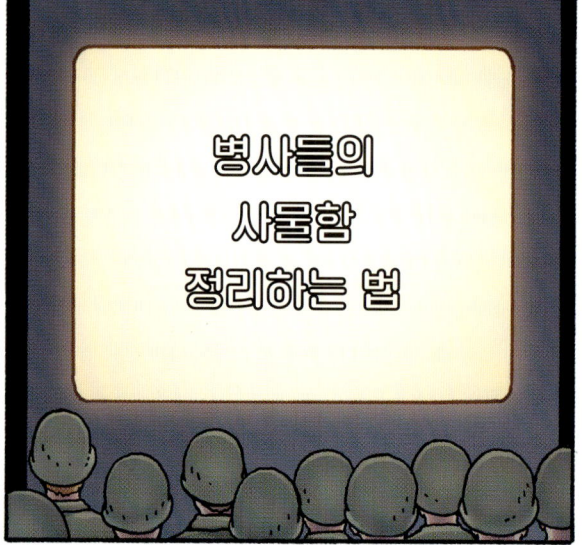

병사들의 사물함 정리하는 법

리버! 새 소식이다.

더 이상 여기서 자네가 쓸 것은 없다. 고로 자네는 재배치 될 것이다.

어디로요, 하사님?

바그너!

접니다!

잠 브로스키!

여기요!

정말 저한테 온 편지는 없는 거 확실한가요? 타임리 코믹스에서 올 편지를 기다리고 있는데.

아무 것도 없어.

그 다음날은 토요일이라 우편실이 닫히고 잠겨있을 터였어. 그리고 지나가다 내가 봤는데…

내 편지가 있잖아!

S. Lieber Benjamin Harrison
Fort Benjamin Harrison,
Lawrence,
Indiana

우편실 문 좀 제발 열어주셔야 합니다! 편지가 눈앞에 바로 보인다구요!

오늘은 토요일이고 문은 잠겼어. 상황 끝.

그럼 제가 직접 열까요? 경첩의 나사만 돌려서 빼면 될 것 같은데.

(중얼)

중얼거리는 입 모양이 '오케이'랑 비슷했어.

편지를 읽고 답장도 써 보냈지. 내 만화가로서의 경력을 지켜냈어. 모든 상황 이상 무!

리버! 중대장실로 가서 보고하라! 당장 잽싸게 움직여!

안 좋은 느낌이 드는데…

'이상 무'가 아니었어.

우편실에 침입했지!

우편물 절도는 연방법 위반이다! 너 같은 뉴욕 출신 압삽이들한테도 말야!

전 그냥 제 편지를 가져 가려고…

네 잘못을 스스로 깨닫게 될 거다.

'레번워스 교도소[34]'에서

대위!

네, 대령님!

내 통신부대 작가를 잃을 순 없다. 이런 자잘한 일에 매달리지 말고 전쟁을 이기는 데나 집중하게.

네, 알겠습니다!

휴우우우우…

내가 없는 동안 마틴은 우리 사무실을 엠파이어 스테이트 빌딩의 좀 더 큼지막한 곳으로 옮겼어. 좀 안심이 되더군.

내 예술가 친구 **빈스 파고**[35]가 내 자리를 대신 채워주고 있었지.

저기요, 여기 빈스 파고라는 사람 있나요?

음?

스탠! 돌아 왔구만!

네. 제가 드디어 전쟁에서 승리 했거든요.

와우! 얼마나 그리웠는지 아나? 편집자 일도 생각보다 고되더구먼!

이제 드디어 시사만화가로 돌아갈 수 있겠어!

언제나 최고의 시사만화가 셨잖아요.

자네가 돌아왔으니 이제 일이 좀 돌아가겠구먼!

알라막 호텔에 숙소를 잡고 난 다시 만화 편집과 작가 일에 몰두했지.

그때가 **1947년**, 내 25번째 생일을 며칠 앞두고 있었어.

그해의 생일선물은 최고였어! 내 친구가 모델하고 블라인드 데이트를 잡아줬거든.

어떻게 될지 전혀 상상이 안 되더군. 블라인드 데이트니 당연하지만 말이야.

이름이 기억나지 않는 어떤 회사

3년간의 군대 생활 직후였으니 내 기대감이 얼마나 컸겠어!

근데 내 **기대**같진 않았어.

오히려 그 **이상**이었지!

무슨 일로 오셨죠?

그녀는 심지어 내가 원래 만나기로 한 모델도 아니었어.

하지만 보자마자 알았지. 바로 내가 찾던 사람이라는 걸!

추억 얘기라는 게 꼭 시간 순서대로 되진 않아요.

한 가지 얘기를 하다가 또 다른 얘기로 빠지고 갑자기 더 옛날 얘기가 튀어나오기도 하지.

여러분이 내가 **조안**을 만났을 때 그 기분을 이해하려면 내가 그 이전부터 그녀의 그림을 그려왔다는 점을 짚고 넘어가야 해.

그것도 몇 년씩이나

조안은 내 이상형이었어. 몇 년 동안이나 셀 수 없이 그녀를 닮은 캐릭터를 그려왔지. 심지어 난 그림 작가도 아닌데 말이야!

우와아

당신은 누구죠?!

글을 쓰는 건 대체 어떻게 하는 거예요?

왜냐면. 만화책은 **아티스트**[36]가 그리는 거잖아요? 글 쓰는 사람이 왜 필요해요?

음, 설명을 좀 해주마.

자, 이게 너야. 기본적인 아이디어를 떠올리지.

예를 들어, "좋았어! 이번 호는 **닥터둠**[37]이 백스터 빌딩을 손에 넣었고 **데어데블**[38]만이 판타스틱 포를 도울 수 있다는 이야기로 가자!" 이런 생각이 든 거야.

데어… 뭐요?

대충 좀 넘어가렴.

아티스트인 **잭 커비**와 마주 앉아서 초벌 상태의 아이디어를 말해 주면

잭이 스토리를 다듬고 이야기를 설계하지.

한 달에 내가 써야 할 작품이 한두 개가 아니거든.

더군다나 난 그림을 엄청 못 그려!

왜 직접 안 해요?

다시 잭한테서 작품을 받아와서 대본을 써.

대본요?

말풍선이랑 효과음 같은 것. 만화책에 나오는 모든 글자들은 네가 생각해낸 거야.

말풍선을 그려 넣고 효과음 위치를 정하고 순서를 써넣는 것도 너야. 그 다음은 **레터러**[39]의 작업이지.

네 대본을 직접 써넣는 사람이야.

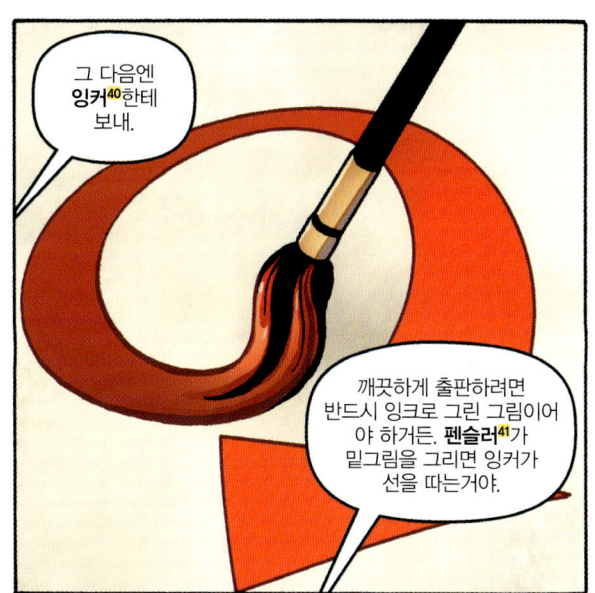

그 다음엔 **잉커**[40]한테 보내.

깨끗하게 출판하려면 반드시 잉크로 그린 그림이어야 하거든. **펜슬러**[41]가 밑그림을 그리면 잉커가 선을 따는거야.

다음은 **컬러리스트**[42]가 복사본에 색을 칠해

복… 뭐요?

원고를 복사한 종이 말이야. 그런 다음 출력 쪽으로 보내지고

거기서 표지를 붙이고 '만화책'으로서 출판되지.

나 그거 알아요! 이런 거 말이죠?!

비슷한데, 우리 만화가 더 재미있단다.

그건 내다버려. 별 가치도 없을 것 같은데[43].

근데 여기서 문제가 있었어요. 사실 조니는 다른 사람과 법적으로 결혼한 상태였거든. 이미 이혼을 원하고 있긴 했어.

그리고 그녀가 아는 이혼의 명소가 있었는데, 거기가 바로…

6주만 기다리면 이혼 처리가 완료되는 곳이었지.

그리고 여기서 다음 골칫거리. 내가 뉴욕에서 그녀를 기다리는 동안…

조안은 뭐랄까. 리노에서 엄청난 관심의 대상이었거든.

몇 주 뒤, 조안이 무척 사랑스러운 대화체의 러브레터를 보냈을 때 이 문제가 수면위로 떠올랐지.

원인은 편지의 첫머리였어.

41

사랑하는 '잭'에게??!!

커비가 챙기지 못한 편지인가?

아뇨! 조니가 보낸 거에요! 실수로 내 이름을 '잭'이라고 썼네요.

정말 실수라면 그나마 다행이죠!

당장 행동을 취하는 게 어떨까?

리노에서 돌아올 때 다른 남자랑 팔짱 낀 채 결혼반지를 끼고 올지도 모르잖아.

그래, 사실 그렇게 말하지는 않았어요. 대충 분위기가 그랬다는 거지.

어쨌든 간에 당장 공항으로 달려갔어.

리노로 가는 가장 빠른 비행기 표 한 장이요!

그게 실수였어. 티켓 부스의 멍청이가 내 말을 곧이 곧대로 해석했지 뭐야.

TICKETS

여기 티켓 받으세요.

TICKET

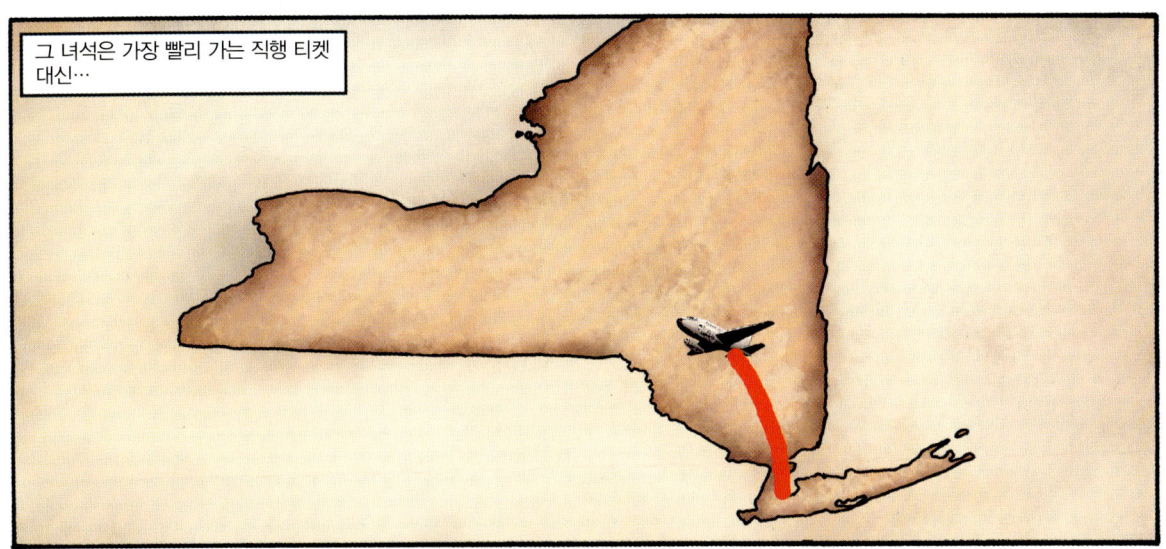

그 녀석은 가장 빨리 가는 직행 티켓
대신…

뉴욕을 뜨기도 전에 세 군데나 환승하는 첫 번째
비행기(DC-3)[46]에 날 태웠지 뭐야.

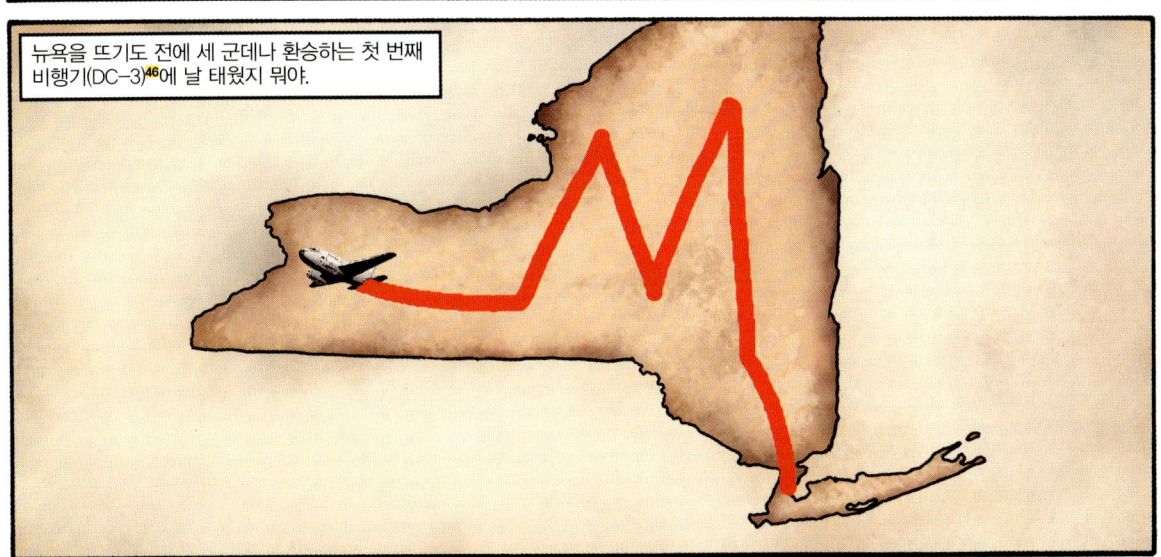

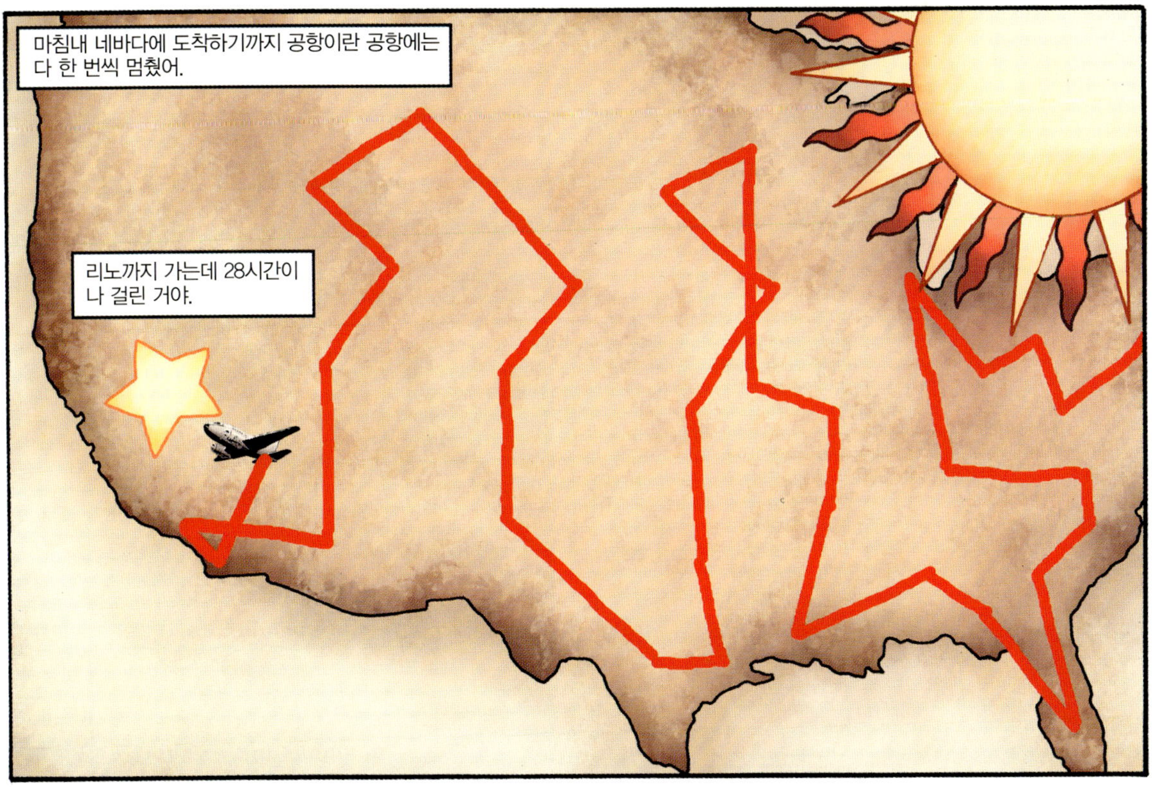

마침내 네바다에 도착하기까지 공항이란 공항에는
다 한 번씩 멈췄어.

리노까지 가는데 28시간이
나 걸린 거야.

43

그래서 비행기에서 비틀 거리며 내렸는데…

세상에…

리노에 온 걸 환영해.

조니가 나중에 말하기를, 비틀거리 며 비행기에서 내려 미끈한 카우보 이들 사이에서 길 잃은 보이스카우 트 꼬마 같은 내 모습을 보고 '내가 이 꼬마랑 뭘 어쩌려고 하는 걸까' 하는 생각이 들더래.

현명하게도…

나는 그 이상 생각할 시간 을 주지 않았지!

6주가 지났으니 곧장 판사 사무실로 찾아가 바로 이혼 절차를 밟았지[47].

그리고 이미 동네 분위기를 봤으니… 더이상 시간을 낭비하고 싶지 않았어.

얼른 옆 사무실로 들어갔지. 같은 판사가 이혼과 결혼용 사무소를 따로 두고 있었어.

우리 말고도 결혼을 하려고 기다리는 젊은 커플이 있더군.
그래서 서로의 증인으로 서기로 했어.

결혼식을 올리는데 각각 1분도 안 걸리더군.

너무 흥분한 나머지 그 커플과 1년에 한 번 씩 서로의 근황을 알기 위해 결혼기념일을 함께 보내자는 약속까지 했지.

그 두 사람이 바로 누군지 알아?!

퀴즈가 아니고 진짜로 묻는 거예요. 난 완전히 까먹었거든.

5분 만에 두 사람 이름은 잊은 지 오래고 다시는 만나지도 못했어.

순간의 감상이란 참 덧없는 것이더군.

우린 기차를 타고 뉴욕으로 돌아왔어. 한동안 비행기는 꼴도 보기 싫었거든.

그리고 아주 중요한 분들에게 내 성공회교도[48] 모델 아내를 소개하는 과업이 남았지.

엄마, 아빠. 이쪽은 조니… 제 아내에요.

가족이 된 걸 환영해요! 항상 딸이 하나 있었으면 했거든.

잘했다, 아들. 참 멋진 사람을 붙잡았구나.

헤헤헤

그때가 바야흐로 1947년. 모든 일이 끝내주게 흘러갔지.

사실… '모든'까지는 아니지만.

그래서… 스탠, 직업이 뭔가?

작가 입니다. 이만 실례를.

어떤 글을 쓰는데?

아동 문학 입니다.

그런가! 어떤 종류의 아동 문학이지?

내 아이들에게 한번쯤 읽어준 책일 수도… ?

만화책요.

그 시절, 만화책이란 늘 그런 식의 반응 아니면 노골적인 경멸을 받았지.

독일 출신의 심리학자로서 소외된 아동을 위한 저비용 클리닉을 운영했지.

그동안 많은 비행청소년을 접했고, 그들 대부분이 만화책을 좋아했지.
물론 불량하지 않은 수많은 다른 아이들도 역시 만화책을 좋아했지만 웨덤 박사는 그건 신경쓰지 않았어.

대신 그는 만화책이 아이들을 타락시키고 범죄자로 만든다고 결론 내렸어.

심지어 책까지 썼어.

the author of THE SHOW OF VIOLENCE and DARK LEGEND

SEDUCTION OF THE INNOCENT

순진한 이를 향한 유혹

Fredric Wertham, M.D.

프레드릭 웨덤 의학박사

the influence of

con

그 책 덕분에 그는 1954년 상원 청소년 비행 소위원회에 증인으로 섰다네.

소위원회의 중심은 바로 **에스테스 키포버**, 테네시주의 민주당 의원으로 소문에 따르면 매스컴에서 인기를 얻어 대선 주자로 나서려 했다지.

웨덤 또한 아랫사람들에게 '만화책의 위험성'을 여론에 퍼뜨리는 일을 맡겼지.

나도 호기심에 한번 그 회의에 참석한 적이 있어.

48

이런 매체에 아이들을 노출시키는 건 자식을 망치는 지름길입니다!

다른 예시를 보여드리죠.

타임리/아틀라스 코믹스에서 출판된 것입니다. 들어본 적이 있으신가요?

1930년대부터 다양한 슈퍼히어로 시리즈를 출판하는 곳입니다만, 웨덤 박사님은 특히 이 부분을 끔찍하게 여겼습니다.

여기에 담긴 선정적인 함의를 알아보시겠나요? 구멍 사이로 뻗은 길고 단단한 목 말입니다. 아이들도 이게 무슨 의미인지 알고 있죠.

저사람 대체 뭐 소리를 하는 거죠?

전혀 모르겠네요.

휴우우우우~우

하지만 그걸로는 출판인들이 이 문제에 파고드는 것을 포기시키게 할 수는 없었지. 특히 호러 코믹스[49]의 발행인인 **빌 게인즈**[50]가 이런 꺼림칙한 증언을 한 뒤로 말이야.

불건전한 표지란, 예를 들어 일부러 잘린 목에서 피가 흐르는걸 보여주려고 머리를 더 높이 든다든가, 목과 몸을 조금 멀리 배치해서 피투성이 모습이 보이도록 만드는 연출이 있습니다.

게인즈를 업계에서 매장시키고 자기네들 꼬리도 미리 말아둘 겸해서 출판사들은 1954년 **만화책 검열 위원회**[51]를 만들었지.

APPROVED
BY THE
COMICS
CODE
A
AUTHORITY

표지마다 저 인장이 붙었어.

모든 작품이 엄격한 검열 기준을 따른 '**건전한**' 만화책임을 보증하는 낙인으로서 말야.

덕분에 **게인즈**의 공포, 범죄 장르의 작품들은 전멸 당했어.

다행히 다시 회복할 길을 찾았지만 말이지.

나로 말하자면, 글쎄, 1960년대로 접어들며 우리 출판사는 이름을 **마블 코믹스**로 바꿨다네. **아틀라스** 시절을 뒤로 하고 말야.

주로 어린 친구들이 내 책을 읽는다는 건 잘 알고 있었지. 설사 검열이 없었다고 해도 내가 쓴 내용들은 달라지지 않았을 거야.

난 독자의 연령에 상관없이 누구나 공감할 수 있는 인간적인 캐릭터들을 창조하고 싶었거든.

허나 1971년, 보건복지교육부에서 편지 한통을 받았고, 이는 우연히도 내가 검열에 대항하게 만든 계기가 되었어.

길 케인[52]

무슨 내용이죠, 스탠?

청소년들의 마약 남용이 우려되어서 청소년들에게 영향력이 많은 마블 사가 마약을 지양하는 공익적인 내용을 써줬으면 한다는데.

그래서… 어쩔건가요? 특집이라도 쓸 건가요?

아니, 아니. 설교처럼 만들기는 싫어요. 억지로 훈계하는 것도 아니고 말야.

마약 중독 문제는 주변적이고 부차적인 줄거리로 넣어서 슈퍼히어로물의 액션이나 드라마, 서스펜스를 방해하지 않도록 해야 돼.

좋았어! 세 파트로 구성된 스파이더맨 스토리를 써야지.

노만 오스본[53]이 기억을 되찾는 걸 주제로 하자고.

그건 마약하곤 아무 상관없는 내용이잖아요.

나도 알아요! 거기에 부차적인 줄거리로 MJ[54]에게 차인 해리[55]가 약물 중독에 빠지는 내용을 넣을 거야!

또 초반에 약에 찌든 남자가 지붕에서 뛰어내리는데 스파이디[56]가 구해주는 장면도.

그럼 피터가 이렇게 말하는 거지…

분명 스파이더맨으로서 내 삶은 위험으로 가득해…

하지만 슈퍼빌런[57] 100명을 상대하는 편이 마약으로 삶을 망치는 것보다 나아! 그건 결코 이길 수 없는 싸움이니까…

끝내줄 거 같은데요, 스탠!

맘에 들어 하니 기쁘군요, 길! 왜냐하면 당신이 그릴 거니까!

내가요? 난 스파이더맨 작가가 아니잖아요.

오늘부터 맞아요. 말 안했던가? 새로운 펜슬러가 필요하던 참이거든.

길 케인은 우리가 상상한 그대로 작화로 옮겨 담았지. 하지만 검열 위원회에 넘기고 문제가 터졌어.

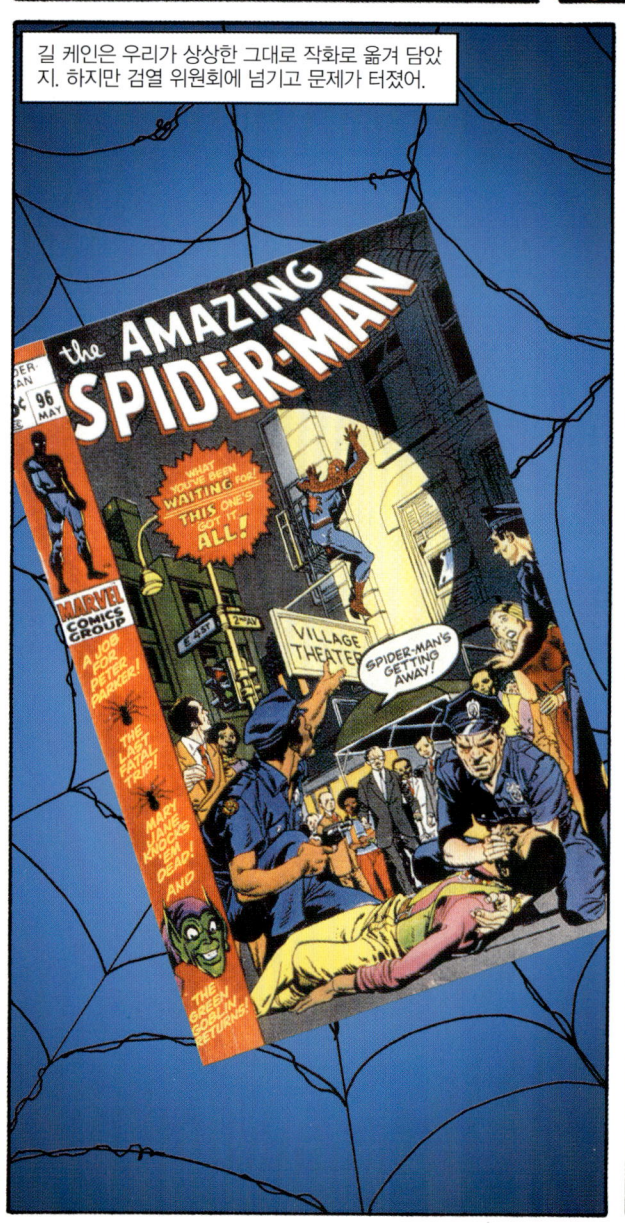

이 내용은 쓸 수 없소!

왜요?

검열 기준에 따르면 만화책에서 마약 얘기는 할 수 없소.

이봐요, 애들더러 마약을 하라고 부추기는 것도 아니고 하지 말라는 공익 광고인데요!

상관없소. 어쨌든 마약이 나오잖소.

그렇지만 이건 정부 기관에서 부탁한 거란 말입니다!

상관 없다니까, 마약 이야기는 안 돼!

검열 기준에 '마약'에 관련된 건 하나도 없잖소! 여기에 마약 얘기는 하면 안 된다는 구체적인 조항이 없다고요!

준칙 'C부분 I열 F구절'을 잊으셨군…

'구체적인 검열 조항에 적혀있지 않더라도 검열 정신에 위배되거나 미풍양속을 해치는 요소와 기법들은 금지된다.'

도대체 어떻게 마약 반대 공익 만화가 미풍양속을 해친단 겁니까?!

왜냐하면 '마약'이란 단어가 나오니까!

이 만화책은 CCA[58]의 규준을 거슬렀고 고로 인장을 받을 수 없소!

꽝!

마틴, CCA 인장 없이도 이 세 권들을 출판하게 해주셔야 돼요.

이봐, 스탠, 그건 엄청난 도전이야. 우리는 검열을 지켜야 하는 입장이잖아.

이건 정부 기관에서 요청한 스토리잖아요! CCA의 권위는 아무것도 아니죠!

더군다나 유익한 내용이라고요. 어린이들에게 마약이 얼마나 유해한지 알려주잖아요.

좋아, 스탠. 밀어붙여보게. 내가 지원해 줄테니까.

성공한 것 같았어. 비록 타임지는 우리가 마약을 조장한 것처럼 써댔지만 말이야.

헌데 그것이 CCA 몰락의 전조였었지. 물론 그 후로 40년이나 더 걸리긴 했지만. CCA 인장이 없는 만화가 출판된다고 해서 하늘이 무너지지는 않았거든.

모두가 검열을 무시하기 시작했어 (DC 코믹스는 2011년까지 인장을 받았지만 말이야). 결국 오늘날에는 없어졌지.

저기 있잖아. 지금 이야기가 너무 앞서 가버렸는데.

CCA 얘기하다가 스파이더맨 연재까지 가버렸구만. 아직 스파이더맨을 처음 만든 일화도 얘기 못했는데.

다시 돌아갑시다.

조안과 나는 맨해튼에서 몇 년간 신혼생활을 하다 롱아일랜드로 이사를 갔어.

모든 일이 완벽했지. 헌데 어머니가 돌아 가시고 말았어.

그래서 남동생 래리가 우리랑 같이 살게 되었지.

얼마 지나지 않아 래리는 자기 만의 삶을 원했고 나이가 차자 독립을 했어.

1950년 4월, 조안이 우리의 첫째 딸을 낳았어.

조안이라고 부르자. 당신 이름을 따서.

사실은…

셀리아로 생각해뒀어. 당신 어머니 이름을 따서 말이야.

조안 셀리아는 어때?

그거 환상적이네.

한번 안아볼래?

안아보고 싶어서 안달 나던 참이야.

헤이, 제이씨(J.C) 내가 네 아빠란다.

56

그리고 1953년, 둘째 딸을 가졌고 그 아이 이름은 쟨이었어요. 그 애는…

음…

생후 3일 만에 죽고 말았어.

병원에서 한번 나오지도 못하고.

당연히 조안은 심하게 충격 받았지. 다행히 곁에서 위로해 줄 서로가 있었기에 어떻게든 견뎌내긴 했지만…

나중에 입양을 하려 했는데 그 과정도 너무 고통스러웠어요.

설상가상으로…

의사는 조니가 다시는 아이를 가질 수 없다고 통보했어.

이 얘기는 이정도로 하죠.

그래서 보안관은 자기가 얼마나 겁쟁이인지 감추려고 하는 거지!

피를 보는 것도 싫고 총을 쏘는 것도 싫으니까!

그런데 악당이 그걸 알아내 버린 거야!

그래서 결국 최후의 대결을 하게 되지!!

저 아저씨 뭐야?

우리 아빠야. 일하는 중이셔.

그때 막 **콰쾅!!**

우리 아빠는 보험 영업 사원인데 훨씬 더 조용하게 일해.

하지만 세상에서 가장 바보같은 사고로 조를 잃고 말았어. 조는 다른 아티스트 몇 명과 술을 마시고 있었는데 그 전주에 안경을 잃어버린 상태였지.

집에 돌아오는 열차에서 다른 칸으로 옮겨 타다가 그만 균형을 잃고 떨어지고 말았어.

THE WILDEST COWBOY IN THE WILD WEST!
TWO-GUN KID

조는 어떤 작가들보다 훌륭한 작가였어. 경쟁에서 늘 앞서나갔지.

최고의 아티스트가 그릴 수 있는, 내가 보고 싶은 것이나 필요한 것은 무엇이든 그려냈어.

그는 슈퍼히어로 장르만 그리는 게 아니라 위대한 만화가이기도 했지! 나랑 **미세스 라이언**[69] 이라는 신문 만화도 함께 만들었어.

NAVY COMBAT

조는 정말 최고였어.

아이구야… 내가 활동하는 동안 만화계에 정말 많은 사건들이 일어났네.

그때 내가 그 자리에 없었을 수도 있었다는 걸 상상해봐요.

왜냐하면 60년대 초에 난 만화계에 질려버렸거든. 만화에 질려서 내 독자적인 유머 책을 쓰고 있었지. 난 언제나 유머를 쓰는 걸 좋아했거든.

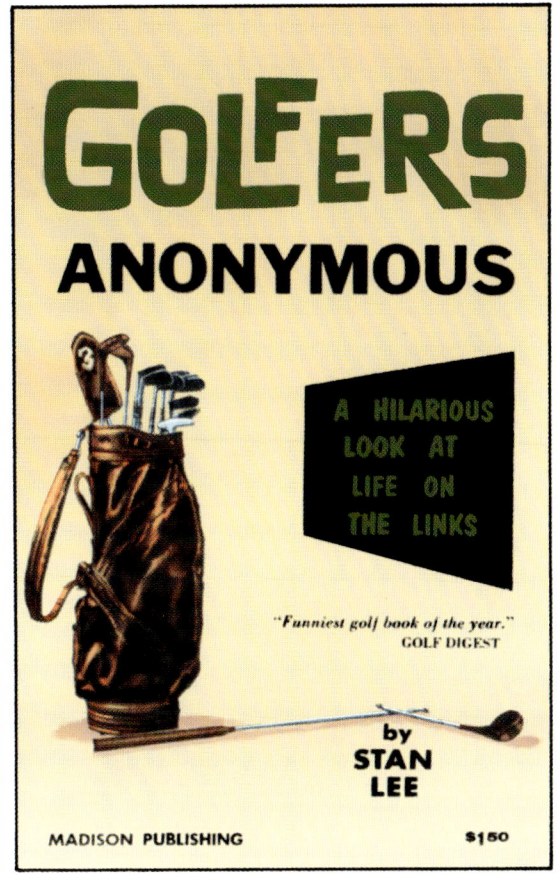

스나푸[70]는 매드 매거진[71]을 위한 완벽한 답이었어. 첫번째 이슈는 내가 직접 썼지.

당시 속표지에 '벤자민 프랭클린 설립'이란 문구가 적힌 새터데이 이브닝 포스트라는 유명한 잡지가 있었어. 그래서 우리는 이렇게 적었지…

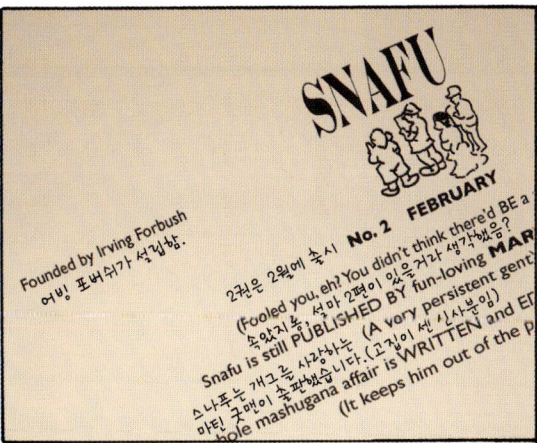

그리고 반대쪽에는 이렇게…

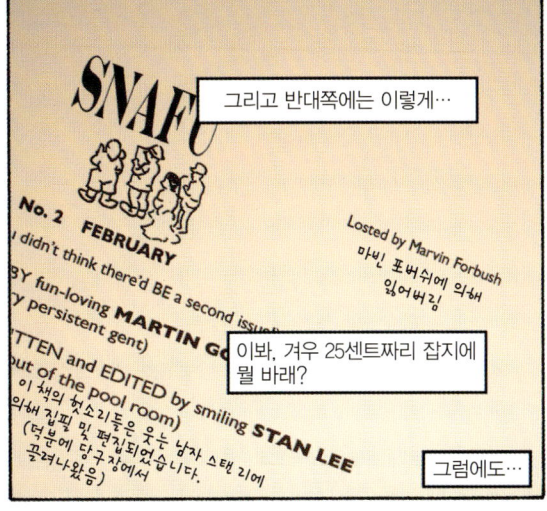

이봐, 겨우 25센트짜리 잡지에 뭘 바래?

그럼에도…

마틴은 '아틀라스 뉴스 회사'라는 자기만의 계열사를 차렸어. 우리는 엠파이어 스테이트 빌딩에서 사무실을 뺐지.

결국 사정이 안 좋아져서 아틀라스 배급사는 망해버렸어. 여전히 아틀라스 코믹스라고 부르기는 했지만 예전처럼 만화를 잔뜩 출판해 내고 있지도 않았지.

아뇨, 존. 미안해요. 지금은 일거리가 없어요.

코믹스 부문이 많이 축소되었거든요.

난들 알겠어요? DC 코믹스에 가 봐요.

DC요.

예전에는 **내셔널 코믹스**였는데 이제는 DC라네요.

듣기로는 **저스티스 리그**[72] 시리즈가 잘나간다던데요.

휴우…

저스티스 리그는 나도 읽었지. 히어로들에게 개인으로서의 고뇌도 없고 내 스타일의 작품이 아니었어. 하지만 잘 팔리더군.

거의 모든 슈퍼히어로들이 다 그런 식이었어. 인물로서 인간성이 결여된 채 초월적이기만 한 존재들.

거기다 그놈의 애들을 위한 유치한 줄거리와 대사까지 합하면…

조니, 단순한 만화책이나 쓰기엔 내가 너무 나이 든 게 아닌가 싶어. 하루하루 지겨워 죽겠어.

하지만 마틴은 아무 것도 바뀌기를 원치 않아. 모든 것들이 어린이 독자층을 노리고 만들어져야 한다고 고집을 부려.

여섯, 일곱 살도 읽을 수 있는 제일 단순한 플롯만 써야 된다는 거야.

그래서 그만두고 싶어?

그런 마음이 커.

그렇지만…

그렇지만 뭐?

뭐랄까… 마틴이 오늘 **잭 리보위츠**[73]랑 골프를 쳤어.

DC 코믹스의 발행인 말이지?

응.

그래서 요즘 우리가 내는 저스티스 리그 시리즈가 말야. 아주 대박이라고.

마침내 슈퍼히어로의 시대가 돌아온 거지.

진짜로오??!

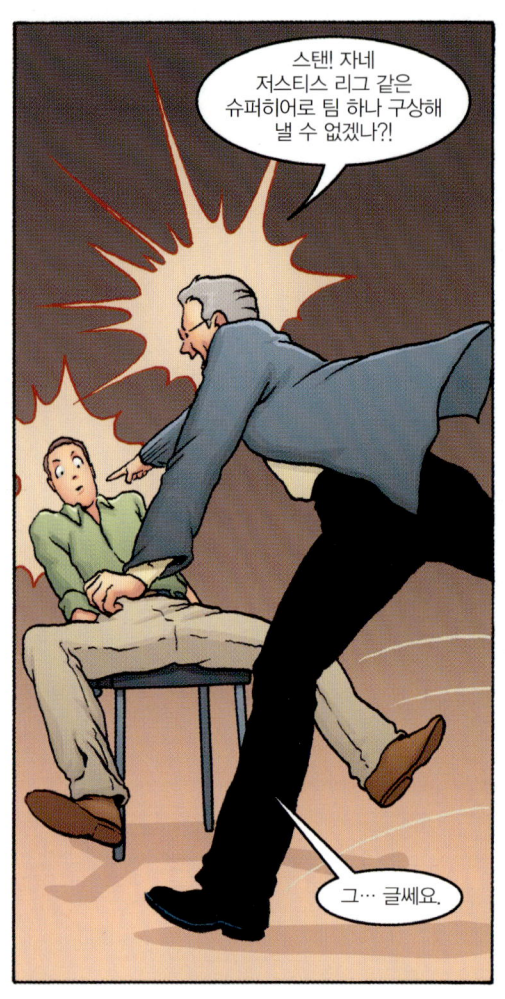

스탠! 자네 저스티스 리그 같은 슈퍼히어로 팀 하나 구상해 낼 수 없겠나?!

그… 글쎄요.

원래 있던 **휴먼 토치**[74]랑 **서브 마리너**[75]를 써도 좋다네! **캡틴 아메리카**[76]도!

새로운 캐릭터를 만들지 않아도 되니 일이 줄어들 거야!"

어떤가?!

그래서 뭐랬어?

생각해보겠다고 했지 뭐. 하지만 솔직히 무슨 소용이야? 옛날 캐릭터 재활용이나 해대기는 싫단 말이야.

사표내고 싶어.

스탠. 당신이 그만두고 싶다면 나도 당신 선택을 지지해.

하지만 이걸 생각해 봐.

마틴이 새로운 슈퍼히어로 팀을 만들라고 했잖아. 당신이 늘 원했던 방식대로 해 볼 기회일지도 몰라.

깊고 풍부한 이야기를 써낼 수 있잖아.
개성있는 인격을 갖고 현실의 인간처럼 말하는
캐릭터들도 창조할 수 있고 말야.

색다른 스타일로
완전히 새로운
히어로들을 만드는 건
재밌을 거야. 당신이
늘 쓰고 싶어 했던…

어린 독자와 나이든
독자 모두를 끌어당길
수 있는 스타일로
쓰는 거야.

생각해봐.
이번 작품을 당신 마음대로
쓴다고 해서 잃을 것도
없어.

최악이라 해봤자
마틴이 화나서 당신을
해고하겠지.

그데 어차피
사표내고 싶다며?
그럼 아무 문제없잖아?
적어도 원풀이는 할 수
있으니.

당신 말이 맞아!
최악의 상황 이래
봤자 별것 아니지!

그럼 원고쓰러 출동!

제일 처음 할 일은 마틴의 제안에서 시작하는 거야. 팀에 **휴먼 토치**를 넣는 거지.

토치라는 친구는 **칼 버고스**[77]가 쓴 1939년 마블 코믹스 1호에 첫 등장했어. 처음에는 **피니어스 호튼 박사**[78]가 만든 불꽃으로 변신 가능한 안드로이드로 등장했지.

헌데 실은…

매의 눈을 가진 팬들이 첫 번째 캡틴 아메리카 극장판에서 축제 장면에 잠깐 카메오한 걸 포착해냈어.

내 히어로 팀의 시작으로 안성맞춤이었지.

하지만 단순히 안드로이드 휴먼 토치를 재탕하기는 싫었어.

새롭게 바꾸기로 결정했지…

그리하여 탄생된게 **죠니 스톰**[79]이야. 열혈 10대 청년이지.

그에겐 누나를 만들어줬어. 당시 만화 캐릭터에게는 형제자매가 존재하지 않는데, 기존의 다른 모든 만화와 정반대로 만드는 게 내 목표였으니까.

수잔에게는 투명해지거나 포스필드[80]를 만드는 능력을 줬어. 내가 아는 한 그런 능력의 캐릭터는 사상 최초였거든.

그런 다음 그들의 리더를 생각해냈지. 덩치 크고 억센 사내 대신에 몸이 휘고 늘어나는 능력의 빼빼마른 과학자로 만들었어. 거기다 기억하기 쉬우라고 두운을 맞춘 이름을 붙여줬지.

그 이름은 **리드 리처즈**. 허나 스스로 '미스터 판타스틱'이라 부를 정도의 자만심을 가진 남자.

마지막으로 그와 정반대 타입의 베스트 프렌드를 붙여줬어.

벤 그림, 내가 제일 좋아하는 팀원이지. 모두를 **코스믹 레이**[81]에 노출시킨 운명의 우주선을 조종한 파일럿이야. 왜 하필 코스믹 레이냐고?

뭔가 과학적인 느낌의 단어잖아.

그리고 이 코스믹 레이가 그들을 변신시켰고 탄생된게 바로…

그 누구도 **잭 커비**처럼 만화를 그리지는 못했어.

마틴이 잭과 몇 년 전에 화해하면서 잭이 우리 팀에 다시 돌아온 것이 큰 다행이었지.

"이봐요, 잭. 이게 내가 쓰고 싶은 스토리에요." 라고 말만 하면 그는 내가 준 컨셉을 가져가서…

… 셀 수도 없이 많은 상상력과 아이디어를 더 해왔지.

근데 마블에 대한 얘기가 나올 때마다 언론은 다들 나한테만 집중해있더군.

그게 잭을 힘들게 했지. 그래서 내가 기자들에게 잭 커비는 단순히 히어로를 그리는 작업만 한 것이 아니라 그 캐릭터들의 공동 창작자임을 분명하게 밝히는 편지까지 보내기도 했어.

아니. 그 버전 말고!

그래. 훨씬 낫군!

노트르담의 꼽추에서 모두가 **콰지모도** 편을 들지. 판타스틱 포에서 **더씽**이 가장 팬레터를 많이 받는 것처럼 말야.

그래서 생각했죠. 사람과 괴물의 모습을 오갈 수 있다면? 비밀 신분을 가진 괴물이 되는거죠.

그거 있잖아요…

지킬 박사와…

… 하이드[86]처럼.

그러니까 이 친구로 시작하자고요. 이름은 **브루스 배너**[87]로 지읍시다.

또 두운체 이름이야?

물론이죠. 왜냐면 역시 기억하기 쉽기 때문에!

그랬어요, 판타스틱 포 25권에서 첫 등장할 때 '**밥 배너**'라고 자기소개를 하기는 했지만 말이야.

그래서 몇 권 뒤에 판타스틱 포 팬레터 코너에서 그의 이름은 앞으로 '**로버트 브루스 배너**'라고 선언했죠.

그 방법 밖에 없었거든!

감마선 폭탄에 맞도록 만들겁니다!

감마선이 뭐야?

나도 몰라요. 그냥 뭔가 멋있잖아요.

그리고 감마선이 그를 변신…

뭐로 변신하는데? 괴물의 이름이 뭔가?

어디 가는 거야?

사전 찾으려요!

좋았어! 이걸로 정했다! 이 괴물 이름은…

74

에휴…

마틴의 환호는 없었지만 1962년 5월 **헐크**가 데뷔를 했어.

원래 피부색은 **회색**이었어. 그런데 인쇄기가 도통 색을 잘 뽑아내지 못하더라고.

그래서 두 번째 책부터 아무 부연 설명 없이 피부가 **초록색**으로 바뀌었고, 그대로 고정됐지.

… **빨간색**이 되기 전까지는 말이야. 그건 또 사연이 길어.

그러다 또 다른 아이디어를 떠올렸어.

내가 들어본 최악의 아이디어로군! 일단 슈퍼히어로가 **10대**라는 것부터 말이 안돼. 10대들 역할은 **사이드킥[88]**이야.

더구나 그렇게 많은 개인적인 고뇌를 담을 순 없어. 히어로가 아니라 무슨 코미디 캐릭터 같잖아.

히어로들은 악과 싸우느라 개인적인 삶의 문제를 돌볼 시간이 없다고.

게다가 그 이름도─!

스파이더맨이 어디가 어때서요?!

사람들이 거미 싫어하는 거 몰라?

전부 농담이었다고, 우린 아직 친구라고 말해주게.

알았어요. 대신 폐간하는 '**어메이징 어덜트 판타지**' 마지막 호에 스파이더맨 이야기 넣어도 돼요?

뭐 어차피 없어질 잡지인데 무슨 상관 이겠어?

한달 후…

스탠!!!
이 숫자들
봤나??!

어메이징 판타지
15호가 대박을 쳤어!
쳤다고! 10년에 한번
나올 베스트셀러야!

그거
기쁘네요.

우리 둘 다
스파이더맨에 대찬성 했던 거
기억나지? 이거 시리즈로
만들어 보면 어떨까?

정말 굉장한
아이디어네요. 마틴.
당장 시작할게요.

뭐.
상사였으니까
말대꾸는
못했지.

이게 바로 스파이더맨의 탄생 비화에요.

그러다 헐크보다 더 강력한 히어로를 만들고 싶단 생각이 들었죠.

하지만 대체 어떻게? 대체 어떤 인간이 우리 초록괴물보다 강할 수 있을까?

그때 든 생각.

인간이 아니면 되잖아!

신이면 되지!

그렇지만 그리스 로마 신화는 이미 대중들에게 너무 익숙했어.

뭔가 좀 색다른 것은 없을까나?

찾았다! 북유럽 신화야!

뿔 달린 투구에 길게 흘러내리는 수염, 곤봉까지 바이킹 같은 외모.

그 중에서도 누가 제일 드라마틱하고 영웅답지?

난 첫 번째 책의 개요를 써서 내 동생 **래리 리버**에게 넘겼지.
IND.
12¢
JOURNEY INTO
저니 인투 미스터리 8월 83호
APPROVED BY THE COMICS CODE AUTHORITY
MYSTERY
MC
83 AUG.
마이티 토르!를 소개합니다.
역사상 가장 흥분되는 히어로!
그리고 래리는 책 커버의 연필화에 그걸 적어 넣었어.
이번 호에서 토르[91]의 대서사시가 시작됩니다!
아참, 그거 알아? 마침 래리 이야기가 나왔으니 말인데…

래리는 코믹스 계에서 빛을 못 본 영웅들 중 하나야.

탁월한 작가이자, 레이아웃 맨[92] 그리고 아티스트지. 그는 조용하고 효율적이고 아름답게 작업하지.

그가 만화계에 종사하는 동안 거의 모든 종류의 코믹 스트립을 그렸고 전부 다 완벽했어.

가끔 드는 생각인데, 동생이란 이유로 다른 작가와 아티스트들보다 편애하지 않으려고 오히려 더 냉정하게 대한 것 같아. 지나치게 공평하게 대하려다가 말이야.

지금 이 자리를 빌어 말하는데, 내 동생 래리 리버는 환상적인 작가이자 아티스트이며 그만큼 인성도 훌륭한 최고의 사내야.

오! 여기 우리가 마블의 세계를 최소한의 과학적 고증이라도 지켜서 만들어보려고 노력한 사례가 있군.

토르에게 비행능력을 주고 싶었지만 그냥 막연히 공중부양 한다는 설정은 아주 싫었어.

그래서 생각한 게… 이 친구는 **묠니르**[93]라는 전투용 망치를 들고 다니잖아? 그러니까…

… 망치를 늘 갖고 다닐 테고, 날고 싶어지면…

머리 위에서 엄청 빠르게 빙빙 돌린 다음 던지는 거지.

그리고 손목에 맨 끈이 망치랑 연결 되어 있으니 망치가 날아갈 때 본인 도 같이 나는 거야!

왜 NASA[94]가 나를 아직까지 과학 연구팀에 초빙하지 않는 건지 이해 할 수가 없네.

아름답구만, 스탠!

그렇죠?

타요, 마틴. 사무실까지 태워 드릴께요!

인생을 살다보면 가끔 최고의 순간이 오기 마련이지.

내 끝내주는 차에 상사를 태우고 간다든가 말이지.

당연히 예상해야 했지만, 언제든 상황은 꼬일 수 있더군!

PASSENGER CAR 75¢

EXACT   CHANGE

차 세워요! 터널은 못 지납니다!

뭐라구요?!

왜죠?!

차에서 내리세요.

아니 왜…

선생님, 당장 차에서 내리세요.

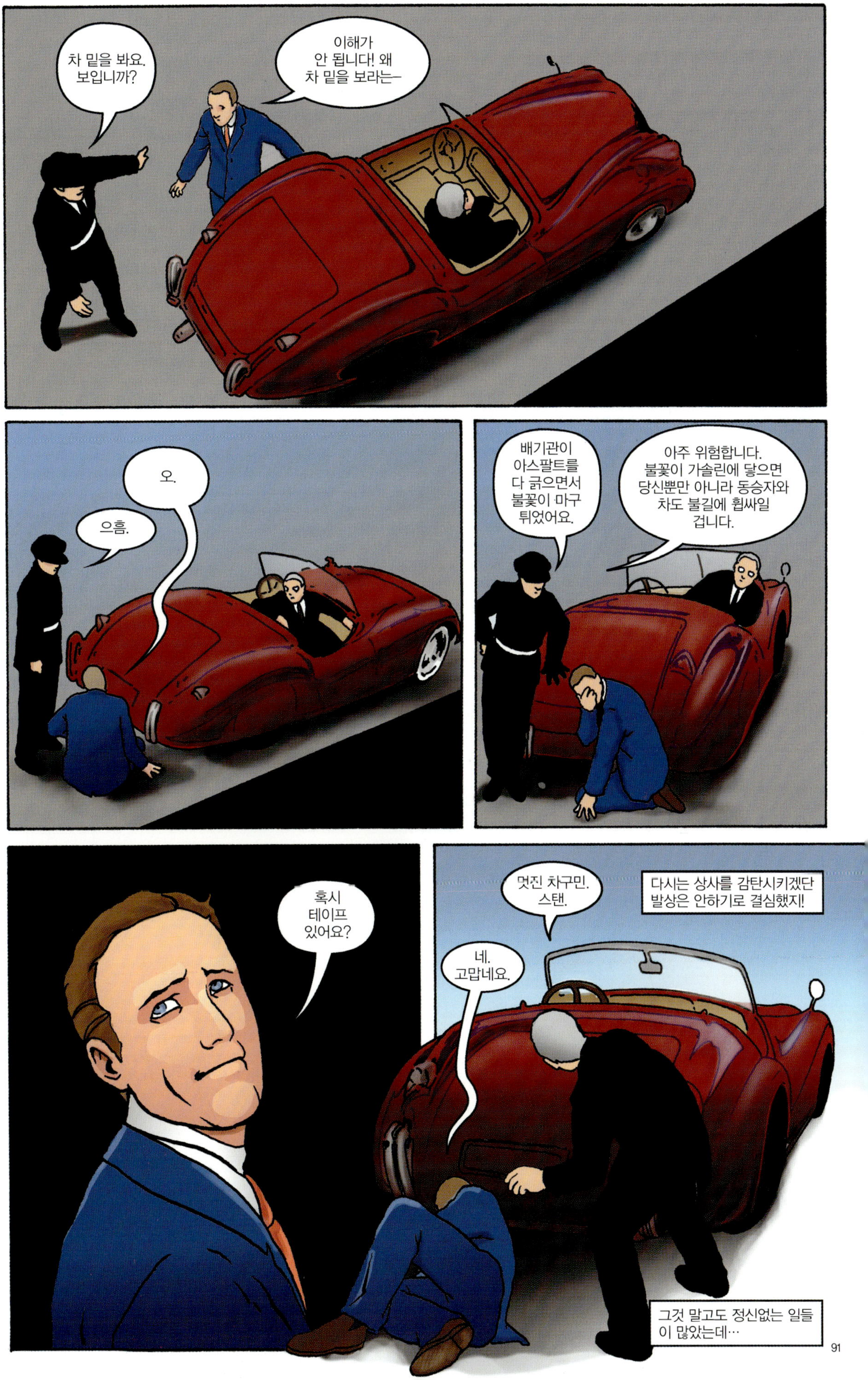

베트남 전쟁도 그중 하나였어.

한국 전쟁에서 벗어난 지 채 몇 년도 안됐는데 말야.

벌써 시위자들이 전쟁 반대 운동을 준비하고 있었고, 이 운동은 이후 10년간 시대를 삼키게 되지.

당시 젊은이들이 절대로 참아줄 수 없는 족속이라면 바로 군수업자들이지.

고로 자연스럽게…

다음 히어로를 **군수업자** 캐릭터로 만들고 싶다고?!

물론이죠!

직접 무기와 군수품을 개발하고 생산해서 군에다 그걸 파는 갑부로 만들 겁니다!

억만장자 산업 재벌에다 전형적인 자본주의자지만 독자들이 이 녀석을 좋아하게 만들어볼 게요!

자네 미쳤구만.

당연하게도 그렇게 말했죠.

허나 '**안 돼**'라고는 하지 않았거든. 그래서 내 오랜 친구, 아티스트 **돈 헥**[98]과 함께 작업했어.

IND.

12¢

APPROVED BY THE COMICS CODE AUTHORITY

테일즈 오브 서스펜스
3월 39호

MC

SUSPENSE

39 MAR.

새롭고 숨 막히는 이 역대 최고의 선풍적인 히어로는 대체 누구? 혹은 무엇?

"IRON MAN!"

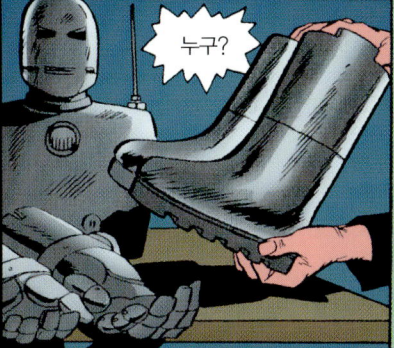

누구?

영화로 만들면서 무려 박스오피스 5억 8천 5백만 달러 이상의 성적을 거둔거야.

CONQUERS!

누구??

누구???

마틴이 '애들이 싫어할 것'이라고 예언했던 녀석치고는 꽤 잘했지.

여러분이 사랑하는 판타스틱 포, 스파이더맨, 토르를 만든 재능 많은 불펜진[99]이 제작!

뭐, 다음 결과는 슬슬 예상이 되지?

… 비록 세월이 지나가면서 많이 바뀌었지만 말이야. 제일 중요한 것은…

앞에서 내가 어릴 때 듣던 '샨두 더 매지션'이라는 라디오 시리즈에 대해 얘기했었지?

… 대머리가 됐지.

대체 왜 대머리인거야? 뭐 별수 없지.

어쨌든, 잠시 과거로 돌아가 볼까?

그리고 지금…
샤아아안두우우우 더 매지션!

보오오오옹!

아나운서가 최선을 다해 **오손 웰즈**[104]식 성대모사를 하고 나면 그 '보옹'하는 심벌즈 소리가 뒤따랐어.

CHANDU
THE MAGICIAN 샨두 더 매지션

Edmund LOWE
Bela LUGOSI
에드먼드 로우
벨라 루고시[105]

샨두는 당시 제법 인기있었어. 벨라 루고시가 주인공 마법사 역으로 나오는 영화 시리즈까지 만들어졌으니 말이야.

여러분도 알겠지만 어릴 때 무언가를 그렇게나 오래 접하면 훗날 아주 흥미로운 방식으로 재생산되기 마련이야.

이번 경우에는 이랬지.

닥터 스트레인지는 사실 대학생들 사이에서 인기있는 작품이죠. 난 이런 날이 오리라고 예상도 못했어.

한때 만화책은 어린이만을 위한 장르인가 고민하던 내 모습을 생각하면 참 놀라운 일이지. 그 후 고작 몇 년 만에 대학가에서 만화가 인기를 휩쓸었으니 말이야.

내가 아는 그 누구보다 내가 대학에서 강의를 제일 많이 해봤을 걸?

대학 강의는 내가 무척 자랑스러워하는 지적인 성인팬 층과 연결되기에 가장 좋은 방법이죠.

그리고 때때로 강의료도 받았는데…

1회분의 강연료를 받고 서너 번의 강의를 해버리게 되더군요.

왜그러냐면…

'첫 번째 강연'

짐 찾는 곳

OSTAN LEE!

여행은 어떠셨나요, 리 선생님?

아무 일도 없었소. 비행기 여행은 원래 그래야 맞는 거니까…

짐 들어 드릴까요?

고마워요!

밖에 차를 세워놓았어요.

좋은 소식이군요.

스탠, 프래터니티[106] 형제들과 제가 늘 궁금하던 건데요.

닥터 스트레인지의 주문들을 고대 드루이드의 주문에서 따왔다는 게 사실인가요?

음, 그게…

말도 안 되는 소리하네! 내가 연구해봤다고─

아야!

사해문서와 로제타석의 비문을 섞어서 만드신 게 당연하잖아!

그건 또 무슨 헛소리야?!

첫 번째 강연은 언제나 나를 데리러 온 학생들 사이에 휘말려서 시작되는 문답 형식이지.

그런 다음에는…

'두 번째 강연'

다른 코믹스 회사에서는 완성된 대본을 바탕으로 아티스트들이 그림을 그리지만 마블 스타일이 성공한 이유는 내가 대본을 다 쓸 시간이 없었기 때문입니다.

잭한테 이렇게 말해요. "이번 호에서는 판타스틱 포가 초능력을 잃고 닥터 둠이 백스터 빌딩을 손에 넣어." "그리고 데어데블이 나타나서 판타스틱 포를 구하고 닥터 둠을 물리치려고 하는 거야."

그러면 잭이 가서 굉장한 일러스트레이션들을 그려오고 나는 대사와 지문을 넣는 거죠.

—두 시간 뒤—

멋진 강연이 었습니다.

아 감사합니다. 학장님(이름이 뭐더라)

저희와 저녁 함께 하시죠.

좋습니다.

이전에는 이런 행사에 어떤 옷을 입고 가야할 지 전혀 몰랐어.

음…지금 누구하고 얘기 하는 건가요?

4차원의 벽을 깨고 있는 건데 신경쓰지 마세요.

나의 첫 강의는 **바드** 대학교[107] 에서 였지.

얼마나 요란하게 차려입었던지 히피 무리 사이에서 내가 가진 제일 비싼 수트를 입고서는 바보 가 된 기분이었어.

그 다음에 초대된 학교는 **프린스턴** 대 학교[108]였지. 이번처럼 학장의 집에 초대 를 받았었어.

당연하게도 청바지에 헐렁한 셔츠를 입고 갔지. 바드 대학의 다른 친구들 처럼 말이야.

예상이 되지? 다른 사람들이 얼마나 차려입고 왔을지.

와인 더 필요 하신가요?

아… 세상의 모든 와인을 다 가져와도 이 수치심을 달랠 수는 없다.

'세 번째 강연'

알려주세요, 미스터 리. **슈퍼맨**[109] 을 출판하는 것은 어떤 기분인가요?

휴우…

그런 다음엔… 집으로 돌아오지.

'네 번째 강연'

엑스맨이 사실 게이를 뜻한다는 건 당연한 거잖아.

아니거든! 인종차별에 관한 거거든! 그렇죠 스탠?

뭐… 마침 물어봤으니까

아뇨. 스탠. 이건 제가 해결할께요.

젊은이가 10대가 되어 자기가 남들과 다르다는 것을 깨닫는 내용인데 이보다 더 게이스러울 순 없잖아?

휴우…

이번에는 한 무리의 십대들이 태어날 때부터 초능력이 있다는 설정으로 갈 겁니다.

자연계에는 돌연변이의 숫자에 제한이 없으니까 무한대로 히어로를 만들 수 있습니다.

그리하여 그 이름은…

돌연변이들!

the MUTANTS
돌연변이들

컨셉은 마음에 드는데 제목이 끔찍하구만.

왜죠?

대부분 독자들은 돌연변이가 무슨 뜻인지도 모를 거야.

나른 세복으로 하나 만들어 와.

the MUTANTS
돌연변이들

그럼… 그들은 특별한 능력을 가졌고

스승의 이름은 자비에[113] 교수니까.

이렇게 부르는 것은 어떨까요?

…엄청나게 많은 변화가 있었지.

언케니 엑스맨[114]

THE UNCANNY X:MEN

APPROVED
BY THE
COMICS
CODE
AUTHORITY

크리스 클레어몬트[115], 랜 웨인[116], 존 번[117] 그 외 수 많은 이들의 기여로 인해 엑스맨은 마블코믹스의 기반 중 하나가 되었어.

이름도 짓기 힘들었던 시리즈치고 꽤 괜찮은 성적이지.

지금 우리 판매량이 역대 최고예요 마틴! 인정하세요. 모든 일이 완벽하게 돌아가고 있잖아요! 내 팀원들이 완전 대성공…

내 팀원이지. 스탠! 내가 그들에게 월급을 주니까.

네 그렇죠. 당신의 영화잡지, 남성잡지 편집자들에 비해 훨씬 적은 임금을 주기는 하지만요.

왜인지 알아? 그 잡지들은 만화책보다 더 수준 높은 문화에 속하니까.

현실은 내가 만화책 가격을 몇 페니만 올려도, 그 결정만으로 더 많은 돈을 벌 수 있어.

…자네가 일 년 동안 하는 일보다 말이지.

명심하게나.

좀 편집증적으로 들리겠지만 우리 백만장자 보스께서 우리의 성공을 싫어하고 있는 게 아닌가 하는 생각이 들기 시작했어.

리 선생님, 저희랑, 인터뷰하기로 하셨죠?

Martin odman

내가 기자들한테는 회사의 얼굴로 보여졌기 때문에 마틴이 질투했는지도 몰라.

다행히 너무 많은 일들이 일어나서, 그리고 할 일도 너무 많아서 마틴의 태도에 대해 깊이 생각할 시간은 없었지.

스탠?

아! 우리 멋진 **플로 스텐버그**[118]! 나의 용맹한 조수! 고객 담당자! 만능 비서!

왜 항상 다른 사람하고 대화하고 있는 것처럼 말해요?

극적 허용법이야. 신경쓰지 마. 새 소식 없어?

그냥 몇 가지요. 요즈음 연단에서 스탠이 자주 사용하는 단어에 대해서 생각하는 중이었어요.

무슨 단어?

엑셀시오르요.

아니, 아니지! 엑셀시오르가 아니라 이렇게 발음해야지

Ex·CEL·si·or!
엑셀시오르!!

그거 박스에 물건 포장할 때 쓰는 것 아니에요?

아니, 아니야 이건 라틴어야. '가장 높은 곳으로'라는 뜻이지.

아… 네… 그러시겠죠.

그리고 우리 팬메일에 대해서도 어떻게 좀 해보세요.

여기 좀 보세요. 당신이 네이머[119]가 뮤턴트인가 아닌가 증명하기 대회를 여는 덕에 이 모양이에요.

그래! 굉장한 팬레터를 많이 받았지.

그렇죠. 그런데 경품을 요구하잖아요.

이미 공지했어! 경품은 없다고. 그리고 경품 우승자가 없으니까 패배자도 없는 거지.

어쨌거나 경품을 요구해댄다구요.

음… 생각 좀 해보자.

경품이지만 경품이 아닌 것이 뭘까?

알았다!

뭘 알아요?

그렇지. 특별한 봉투 안에 넣어 보내는 거야.

경품을 주도록 하지.

안준다면서요.

스탠, 봉투 안에 경품을 넣어 보낼 예산은 없어요.

그게 뭔데요?

바로 그거야!

많은 팬들이 그런 생각을 했어요. 그래서 하나 만들어주자 싶었지.

우리 **불펜 불리틴**[120] 페이지에 'M.M.M.S'가 무슨 뜻일까'라는 주제로 독자들에게 퍼즐을 내줬어.

바로… 즐거운 마블 행진단[121]

고작 1달러로 가입환영선물 일체를 손에 넣을 수 있었지. 멤버십 카드, 환영편지, 고양이 발톱 긁개, 그리고 기타 등등 여러 가지가 포함되어 있는…

녹음이라고? 스탠, 자네 이 기획에 정말 확신이 있나?

난 모든 일에 확신이 있어요. **잭**!

녹음은 난생 처음인데.

걱정할 것 없어요 **아티**![122]

나는 사무실로 돌아가면 안돼요?

다 끝나면 가도 돼요, **솔**[123] 진짜 재미있을 거라니깐!

솔 브로스키는 4년간 내 조력자였지. 글도 쓰고 그림도 그리고 잉크 칠도 할 줄 알았어. 뭐든지 할 줄 알았지.

그리고 **아티 시맥**은 우리가 가진 일류 레터러 중 한 사람이었지. 업계 최고였어.

우리 대본은
어디 있어?

대본? 대본은
필요없어!

그게
무슨 소리야.
대본이
필요없다니?!

5분간 생각
나는 대로 맘대로
이야기하는 거죠.
멋질 거에요!

말하는
대신에
하모니카
불면
안돼요?

자네 정말
귀엽구만, 아티 시맥!
하고 싶은 건 뭐든
해도 돼요!

좋아! 마블랜드
여러분 주목해 주세요!
저는 스탠 리입니다. 여러분은
아마 한 번도 이런 레코드를 들어
본 적이 없으실 겁니다.

별난 만화 작가들
한 무더기를 데리고 이런 걸
만들 미친놈은 지금까지
없었으니까!

어이,
누가 자네를
사회자로
임명했나,
리?

아니 이게
누구신가? 우리 유쾌한
잭 커비! 팬들에게 몇
마디 해주시죠, 잭.

좋지. 자,
"몇 마디"

이봐요. 친구.
여기 유머 담당은
나에요.

유머?
몇 년간 같은 개그를
우려먹는 주제에!

그건 그렇고, 잭. 독자들이 또 수 스톰의 헤어스타일에 대해 불만이 많던데요.

내가 뭐 미용사야? 다음번엔 대머리로 그려버리겠어!

스탠, 시간 좀 내주시죠?

우리의 멋진 만능비서를 위해서라면 물론이죠. 팬들에게 인사해요, 플로 스탠버그.

안녕, 팬 여러분. 만나서 반가워요. 마블의 담당 비서로서, 팬레터들 덕분에 여러분과 이미 잘 아는 사이처럼 느껴지는군요.

솔 브로스키도 한 마디 하고 싶대요.

솔 브로스키? 그건 또 누구여?

스탠, 당신의 수많은 실수 덕에 팬들은 당신 기억력 수준을 이미 알고 있지만 이건 좀 심하네요.

이 분 4년간이나 당신 어시스턴트였잖아요!

진짜로? 슬슬 월급 좀 줘야겠네.

마침 월급 얘기를 하려고 했는데요. 그것도 그렇고 왜 내 이름은 당신처럼 잡지에 온통 도배되지 않는 거죠?!

왜냐하면 내가 자네 이름의 철자를 모르거든.

뭐, 납득되는 이유네요.

어이, 그 쪽의 난리는 또 뭔가. 솔?

우리 부끄럼쟁이 스티브 딧코요.

같이 녹음을 하자고 했는데 마이크 공포증이 있어서요.

아이구야! 저기 가네!

또 창문으로 탈출했어? 있잖아, 실은 그가 스파이더맨이 아닌가 싶어.

원래 스파이더맨 맞잖아요.

방금 누가 말했지?

어머, 우리 귀여운 **아티 시맥** 아닌가요? 어떻게 오늘 우리와 함께 하게 되었죠?

여러분의 사랑스러운 레터러, 바로 접니다.

지하철로요.

스탠, 내 인생에서 이렇게 혼란스러운 레코딩은 처음 듣는군요.

잘됐잖아, 솔! 우리가 원하던 바야!

똘기 넘치는 마블 불펜이라면 당연히 이래야지!

조지 벨, 빈스 콜레타, 레리 리버 그리고 **밥 포웰**[124]은 시간이 부족한 관계로…

잘 됐네요! 다음 회에 새로운 인물이 등장할 수 있으니까 아직 공개되지 않은 목소리들 말이죠!

잡담은 이제 그만, 솔! 다들 불펜으로 돌아와서 일을 합시다!

그리고 즐거운 마블 행진단 여러분, 서희 모두 두 팔 벌려 여러분을 환영합니다!

우리가 여러분과 함께하게 되어 얼마나 기쁜지 알고 싶으시다면 자! 들으시죠.

가자, 친구들. 들려 드리자구!

우와 후~~~!!

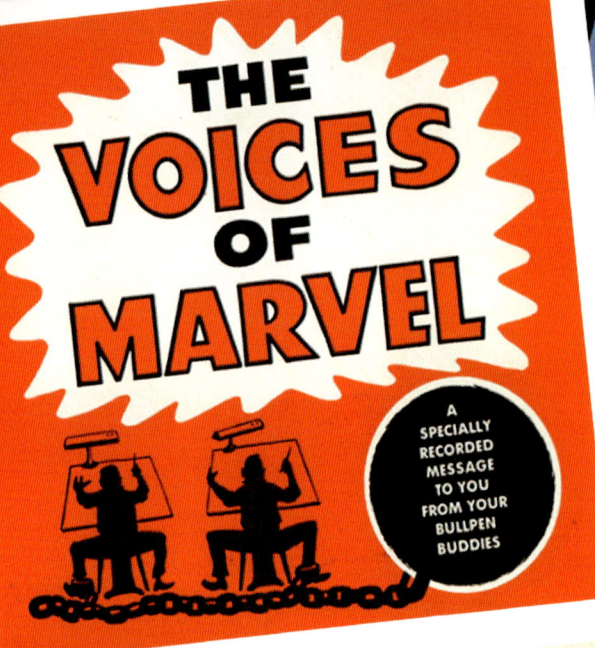

SCREAM ALONG
WITH
MARVEL

WHO SAYS THIS ISN'T THE MARVEL AGE OF RIOTOUS RECORDINGS?

THE VOICES OF MARVEL

A SPECIALLY RECORDED MESSAGE TO YOU FROM YOUR BULLPEN BUDDIES

WELCOME TO THE ANCIENT AND HONORABLE ORDER OF

The Merry Marvel Marching Society

be it known

authorized signature

Is a charter member in good standing of

The Merry Marvel Marching Society

And is thereby entitled to the adulation and admiration of all lesser mortals!

Benj J. Grimm

GRAND MARSHAL, (pro tem)

these privileges are non-transferable

I BELONG

THE MERRY MARVEL MARCHING SOCIETY

THE M.M.M.S. WANTS YOU!

Congratulations, favored one!

...For having the wisdom and wit to become

독자들이 그 자리에서 구독을 끊지 않은 것이 신기한 노릇이었지.

Your name has been ceremoniously entered in our log book, and your dollar has been avariciously deposited in our treasury!

From this day forth, you will stand a little straighter, speak a little wiser, and walk a little prouder. You've made the scene! You're in! You've joined the winning team!

such triumph comes responsibility. You must use your valued member-
ileges judiciously. You must be true to the Marvel Code of Ethics: Be
nt towards those who have shunned our ranks, for they know not what
issing. Be not hostile towards unbelievers who march with others, for
ore to be pitied than scorned. Be not intolerant of Marvel-defamers, for
hall someday see the light. And, above all, be not forgetful that you have
r bullpen buddy. Henceforth, you shall never march alone!

elcome you to the fold with this sagacious admonition—FACE FRONT!
of us now!

'Nuff said!

The Bullpen Gang

근데 정말 굉장한 대박을 쳤어. 몇 십 년이고 할 수 있을 것 같았지! 어쩌면 영원히!

5년 뒤…

팬클럽을 닫으라고요?! 왜죠?!

내가 했던 말을 나한테 그대로 소리친다고 해서 이 회의가 진행되지는 않아.

그렇지만 왜요, 마틴? 엄청난 대성공인데.

예산이 너무 많이 드니까.

그걸 다 배송하기에는 돈이 너무 많이 든다구.

하지만 대중과의 훌륭한 소통구라구요. 팬들의 반응은 열광적이에요.

대중과의 훌륭한 소통구 따위는 필요 없어. 필요한 건 높은 판매 부수지.

판매부수도 높잖아요!!

그럼 얘기 끝이군.

다시 한 번 생각 해줘요.

아니, 스탠. 재고는 없어. 얘기 끝이야.

즐거운 마블 행진단은 중단일세.

그리고 그게 끝이었지.

다만 몇 년간의 기다림 끝에 마틴이 안보는 틈을 타서…

…내가 전에 **짐 스테란코** 이야기를 한 것 기억나나요?

늘 그렇지만, 만나서 반갑군요. 짐. 재미있는 소식 있어요?

별건 없고요. 그냥 요즘 만화계에 대해서 당신하고 얘기하고 싶어서요.

요즘 팬들하고는 어때요?

뭐, 훌륭하지. 그렇지만…

그렇지만 뭐요?

팬클럽이 그리워요. 팬들과의 정말 멋진 연결고리 였는데.

아이고, 저런. 예전에 팬클럽과 특별한 사람들하고 라디오 쇼를 하던 게 기억나네요.

지금 우리가 해야 할게 뭔지 알아요?

팬 잡지 만들기

당신이 발행하면…

당신이 편집할건가?

난 마블의 오랜 친구잖아요. 필요하면 언제든 도와주조.

있잖아. 그거 제목으로 나쁘지 않은걸.

뭐가요? 마블의 오랜 친구 말이에요? 너무 길잖아요.

그럼 줄이면 되지!

…백악관이 있지.
지미 카터 대통령[126] 재임 시에 마블 코믹스 직원 몇 명이 초대를 받았어.

아마 무슨 환경주의나 그런 것의 상징으로 캡틴 아메리카를 쓰고 싶어 했던 것 같아.

우리 캐릭터로 분장한 배우 몇 명하고 같이 갔지.

뭐 나쁠 건 없겠지 싶었거든.

문제는 카터 대통령 본인이 거기에 없었다는 거야. 그래서 영부인 **로잘린**과 딸 **에이미**를 만나게 되었지.

로잘린과 에이미가 백악관 현관에서 우리를 맞이해 주었지.

그때, **그린 고블린**[127]으로 차려입은 멍청이가 갑자기 캐릭터에 감정이입하기 시작했어. 자기가 지금 어디에 있는지도 잊은 모양이야.

넌 내 손안에 있다. 꼬맹아!

어린 에이미 카터를 겁먹게 만들었어.
그런데 더 큰 문제가 터졌지.

더 큰 문제란 바로…

단 몇 초 만에 비밀경호원들이 그 애를
둘러싼 거야!

그 사람들 눈에는 어떤 미친놈이 미합중국
대통령의 딸을 위협하는 걸로 밖에 보이지
않았거든.

다들 총을 뽑으려고
하더라고!

잠시만요,
잠시만!!
진정하세요

이 친구
위험한 사람
아닙니다!

나는
그린 고블린
이다!!

입 닥치지 않으면 죽은
고블린이 될 거야! 저 사람들은
비밀 경호원이고 저건 진짜
총이라구!

아이쿠!!

그래
아이쿠다.

저 그냥
가만히
여기 서있을
게요.

좋은
생각이야.

휴~

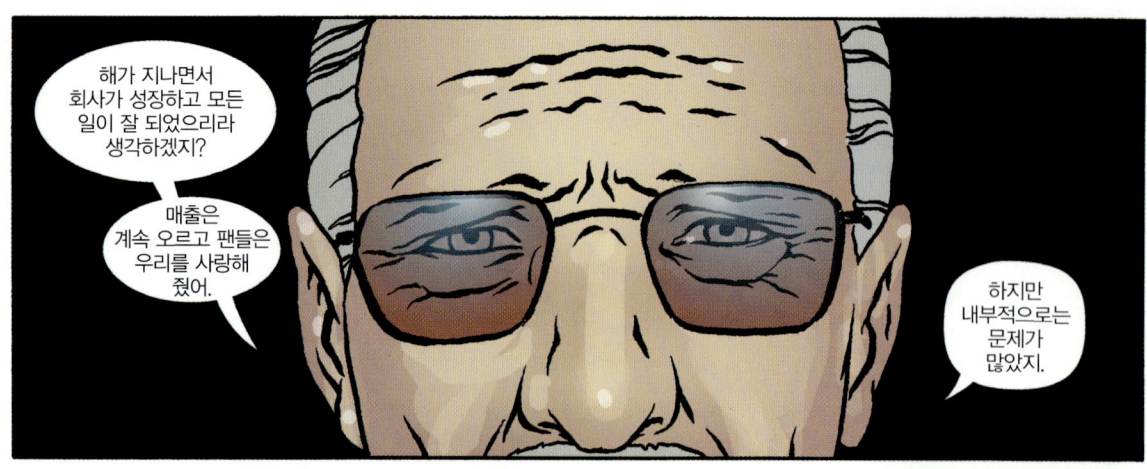

해가 지나면서 회사가 성장하고 모든 일이 잘 되었으리라 생각하겠지?

매출은 계속 오르고 팬들은 우리를 사랑해 줬어.

하지만 내부적으로는 문제가 많았지.

스티브 딧코 문제.

더 이상 나와 함께 일하는 게 즐겁지 않아 보였어.

구체적으로 뭐가 원인인지는 몰랐지만. 그가 불만족스러워 하는 것은 알 수 있었어.

이유가 무엇이든 간에 우리 관계에는 더 이상 온기가 없었지.

그 시절을 생각해보면, 스티브는 자신이 무시당한다고 느꼈을 수도 있어.

그는 스파이더맨의 공동 창작자로 알려지고 싶어 했거든.

나는 불만이 없었지. 나는 첫 번째 책을 함께 만든 아티스트들은 모두 공동창작자로 부르기 시작했는걸.

그럼에도 불구하고 1966년, 정말 유감스럽게도 그는 떠났어.

다행히도 최고의 재능을 가진 **존 로미타**[128]가 그 자리를 대신 채워줬어.

처음에는 스티브의 스타일을 따라하는 것으로 시작해서 조금씩 자신만의 스타일을 만들어냈지.

그리고 여성 캐릭터를 정말 잘 그렸어!

피터 파크, 내 조카를 소개 해줄게.

저 애가 메리 제인이라구요?!

인정해 타이거[129].

넌 지금 잭팟[130]을 터뜨린거야.

흠… 어쩐지 내 아내 **조니**가 연상되는걸.

존은 우리 아트 스태프들의 닻과 같은 존재였어. 그려야 할 것은 무엇이든 아름답게, 신속하게, 완벽하게 그려냈지. 한마디로 훌륭한 아티스트이자 훌륭한 사람이었어.

한편으로는 우리 둘 다 자기주장이 강했
으니 어떻게 되었을지는 아무도 몰라.
오히려 더 잘 안 풀렸을 수도 있지.

편집과 아트 양쪽을 다 내가 관리해서 다행
인지도 모르지. 적어도 내 자신과 말다툼할
일은 없잖아.

물론 덕분에 어색한 순간들이 있
었지. 예를 들자면…

코는 어디 갔어?

뭐요?

아이언 맨에게 코가 있어야 하지 않을까?

알았어요 스탠.

조지, 스탠이 아이언 맨에게 코를 그려 주래요.

저 친구는 **조지 투스카**[131]야. 오랫동안 마블을 위해 일해 준 훌륭한 아티스트이고 **캡틴 마블**도 그렸지.

뭐? 코? 맙소사! **프리드리히**한테 한번 전화해 볼게요.

마이크 프리드리히[132]는 뛰어난 작가이자 나중에는 JLA[133]의 작가가 되었고 최초의 독립만화 중 하나인 **스타리치**도 만들었지.

코라고? 그게 무슨 개소리야? 투스카 당신 확실해?

스탠이 그렇게 말했어요.

알았어. 어떻게든 만들어 볼께.

아이언 맨 68호

그리고 극적인 결과가 나온다.

내 아머의 나머지 부분들처럼 강화된 강철 그물로 손쉽게 새로운 마스크를 만들 수 있어.

다행히 여기 원재료가 내 코앞에 있으니… 그리고 약간의 외견의 변화로 아머의 변신을 마무리 할 것이다.

이제 아머 위로 내 표정이 보이지. 그러므로 내 수트의 장비와 무기들을 생각만으로 조종할 수 있어.

그리고 이번에는 특별히 강화된 플랙시글라스로 입과 눈을 만들었어. 가장 깊은 심해에서도 견딜 수 있지.

일 년 뒤…

이게 뭔가?

뭐가요?

왜 아이언 맨 아머에 코가 있지? 우스꽝스럽구만. 저런 게 왜 붙어있는 거야.

뭔 개소리야?

스탠이 코를 붙이라고 했다고 당신이 전달했잖아요?

스탠이 그랬어요.

내 말이요.

이번엔 코를 없애달라고? 코를 붙이라고 한건 본인이잖아!

랜 웨인한테 말해서 그 인간이 망할 편집자니까. 자기가 해결하라 그래.

코를 붙이라고 한 건 당신이었다면서요?

내가 언제 그런 말을?!

일 년 전에요! 표지를 본 후 "코가 왜 없지?"라고 했잖아요.

나 원 기가 막혀서…

내 말은 헬멧이 꽉 끼어보여서 저 안에 토니 스타크의 코는 어떻게 들어가나 그거였지!

헬멧을 좀 더 크게 그리기를 바랐을 뿐이야!

코를 떼어 내랍니다.

와… 스탠 정말 변덕스런 사람이네!!

편집장의 일이라는 게 그리 쉽지가 않았어.

그거 배꼽 빠지네요! 아이언 맨에게 코라구요?

뭐, 내 잘못이죠. 제가 하도 외근이 잦아서 다들 저한테 두 번 확인받을 시간이 없어요.

그래서 "스탠, 방금 그게 무슨 뜻이에요?" 라고 되묻는 대신 알아서 해석하고 진행하죠.

그래서 요즘은 어때요?

글쎄요, 밥. 당신도 알다시피 마틴이 얼마 전에 퍼펙트 필름에 회사를 팔았죠.

사실은 그들이…

어이, 자네. 자네가 오늘 서빙한 손님이 누군 줄 아나?

아, 또 시작이네.

내가 **밥 케인**[134] 일세.

어… 누구요?

내가 바로 **배트맨**을 창조한 사람이야. 여기 내가 그림 한 장 그려줌세.

물론 우리가 경쟁 관계이긴 했지만은 라이벌 회사 출신 친구도 몇 명 있었지.

밥 케인이 아마 그 중에서 가장 유명할거야.

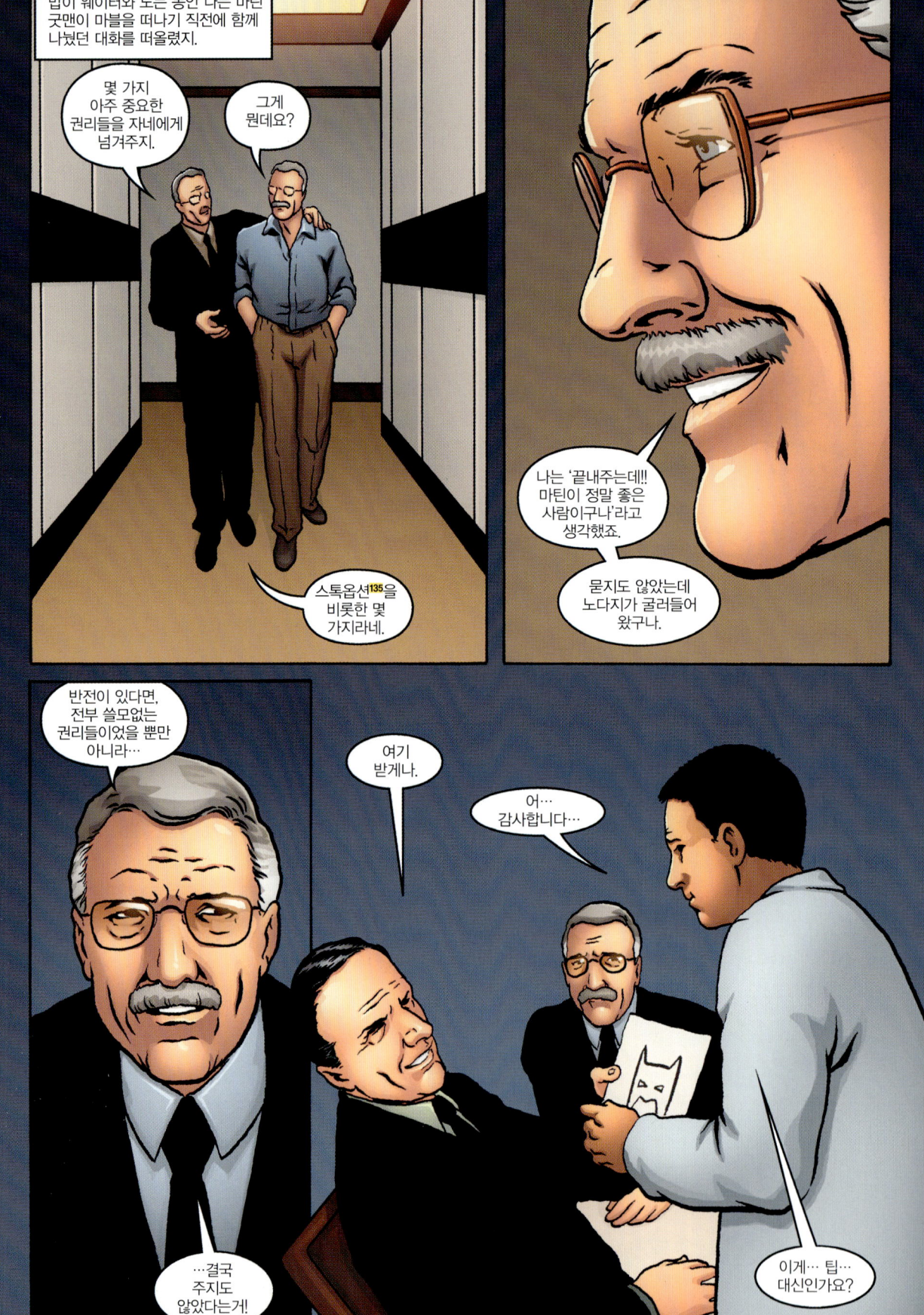

밥이 웨이터와 노는 동안 나는 마틴 굿맨이 마블을 떠나기 직전에 함께 나눴던 대화를 떠올렸지.

몇 가지 아주 중요한 권리들을 자네에게 넘겨주지.

그게 뭔데요?

스톡옵션[135]을 비롯한 몇 가지라네.

나는 '끝내주는데!! 마틴이 정말 좋은 사람이구나'라고 생각했죠.

묻지도 않았는데 노다지가 굴러들어 왔구나.

반전이 있다면, 전부 쓸모없는 권리들이었을 뿐만 아니라…

여기 받게나.

어… 감사합니다…

…결국 주지도 않았다는거!

이게… 팁… 대신인가요?

결국에는 퍼펙트사의 주주들과 이사회가 CEO인 **마틴 액커만**을 몰아내고 **셸든 파인버그**를 그 자리에 앉혔지.

그는 회사 이름을 이렇게 바꿨어…

…카덴스 인더스터리로.

마블의 새 주인들이 내게 제안을 해왔지.

발행인?!

내가 발행인이 된다구요?!

당시 우리와 DC 코믹스의 경쟁이 극에 달한 때였어.

서로 시장 점유율을 높이려고 찍어내는 만화의 종류를 마구 늘려댔지.

그 결과는 엄청난 양의 배송 지연과 만화의 퀄리티 하락이었어.

한편 마틴은(아마도 내 생각에는⋯) 나에 대한 분노도 포함된 동기로 다시 코믹스 출판계로 뛰어들어 **아틀라스 코믹스**를 되살렸어.

그리고 아주 인상적인 인재들로 군단을 만들었지. **스티브 딧코**나 내 동생인 **래리 리버** 같은 프로들뿐만 아니라⋯

⋯**닐 애덤스**[136]나 **월터 사이먼슨**[137] 같은 거물들도 포함되었지.

더 많은 원고료를 제시했고, 심지어 원고를 돌려주겠다고 했어[138]. 업계 관행에 없던 일이었지.

물론 그보다 훨씬 전에, 내가 마틴에게 원고를 아티스트들에게 돌려주고 싶다고 했을 때는

⋯마틴은 허락해주지 않았어.

어쨌든 그는 약 일 년 뒤에 출판 사업을 접었고, 나는 아틀라스에서 일하던 사람들을 신나게 다시 고용했지.

이제 내가 발행인이 되었으니 재능있는 작가이자 편집인인 **로이 토마스**[139]를 나대신 편집장에 앉혔어.

로이에게는 굉장한 육감이 있었어. 예를 들어 몇 해 전에 마블이 유명한 작품 하나를 손에 넣는 일을 주도했지. 여러분도 잘 아시는 그 이름은 바로…

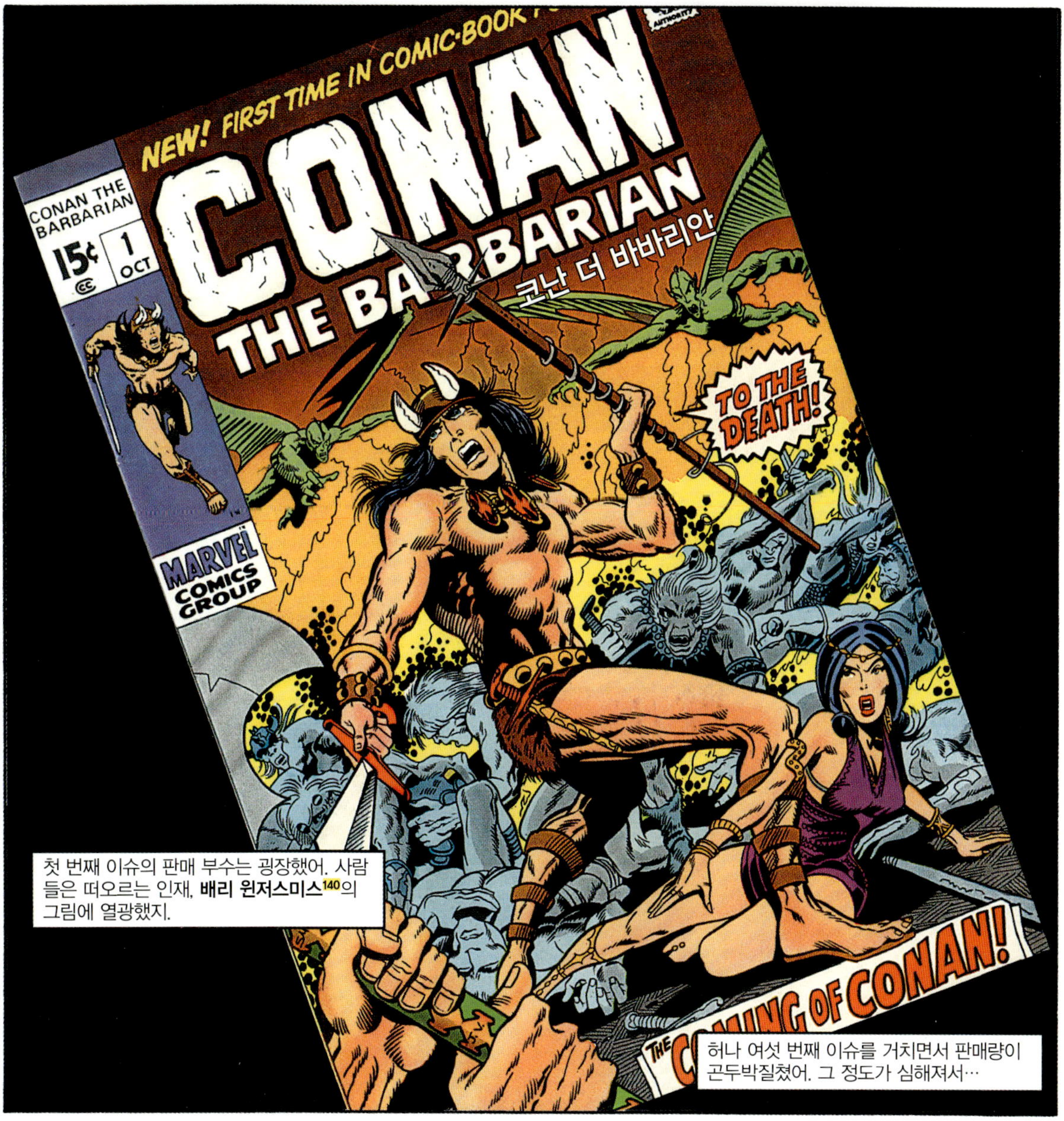

첫 번째 이슈의 판매 부수는 굉장했어. 사람들은 떠오르는 인재, **배리 윈저스미스**[140]의 그림에 열광했지.

허나 여섯 번째 이슈를 거치면서 판매량이 곤두박질쳤어. 그 정도가 심해져서…

없앤다고요?!
그럴 수는 없어요!

하지만
로이, 판매량을
보게.

계속 연재하다보면
판매량이 늘 거예요.
장담하죠!

판매량 때문만이 아니네.
격월 연재에서 월간 연재로
바꿨더니 판매량이 추락하기
했지만 그건 대수가
아니야.

문제는 **배리**야!
그 친구 그림은
너무 훌륭해!

그게
왜 문제가
되죠?

내 말은
배리의 재능이
코난에 낭비되고
있다는 거야.

잠깐만요, 나는 애초에 존
부쉐마[141]를 원했어요! 우리 형편
에 고용할 수 있는 건 배리가
최선이라고요!

이보게
로이…

스탠, 이게 바로 팬들이 보고 싶어 하는 거에요! 오랫동안
문학 캐릭터들을 만화화 하기를 원했다고요.
타잔, 존 카터, 닥 새비지 등…

하지만 우리가 제안한
쥐꼬리만 한 돈을 받고
만화화를 허락해 준 유일한
작가는 **로버트 E. 하워드만**[142]
뿐이라고요!

배리를 데려가고
싶으면 그렇게 해요.
다른 사람을 찾아볼
테니까. 다만…

알았네, 알았다고!!
하지만 다시 격월 연재로
바꿀 거야. 알겠나?

고마워요, 스탠.
후회하지
않을 겁니다.

134

그 말대로였죠. 일 년 반에 걸쳐서 판매량이 점점 증가하더니 20호에 들어서서는 다시 월간 연재가 되었어요.

그 후 20년간 꾸준히 연재 되었지.

그래서 편집자의 일은 더 잘하는 사람들 손에 맡기고 나왔어.

그리고 마블의 복음을 전파하는 여행을 시작했죠.

모든 곳을 다 가봤지.

일본, 이탈리아, 캐나다, 독일, 폴란드, 스페인, 덴마크, 프랑스, 포르투갈, 중국 등등 몇 군데만 꼽아도 이 정도야.

그 중 가장 인상적이었던 행사는…

…멕시코 시티였어.

정말 경호원이 여섯 명이나 있어야 됩니까?

네 그렇습니다.

왜요? 멕시코에 마블의 적이 그렇게 많이 있습니까?

인파로부터 선생님을 보호하기 위해서입니다.

인파요? 사람들이 뭘 할 거라고 예상 하시길래?

사람들이 너무 흥분하곤 합니다.

팬들이 기다리고 있네요.

맙소사!

스탠리 만세!!!

마블, 마블!!

제발 사인해 주세요!!

장담컨대 대통령 선거에 나가셔도 될 겁니다. 이 자리에서 지금 당장 당선될 걸요.

내 말 하건데, 세계 방방곡곡에 내 팬들이 있더군.

여보세요?

안녕 스탠, 폴이에요.

폴이 누군데요?

매카트니요.

우리 집에 잠깐 들러서 얘기할 수 있나 싶어서 전화했어요.

잠깐만... 폴 매카트니[143]? 비틀즈[144]의 그 폴 매카트니요?

뭐 지금은 아니지만, 네.

오실 수 있어요?

어... 물론이죠!

그래서 갔지.

집 밖에 리무진이 있는데 뒤쪽의 차가 마치 어린 동생처럼 보이더군!

내가 머무르는 곳은 어떻게 알아 냈어요?

아. 정보에 밝은 친구들에게 도움을 청했죠.

자, 스탠, 저의 밴드인 윙즈[145]가 제 아내 린다가 작곡하고 부른 '시사이드 우먼'이라는 노래를 발표할 거거든요.

그런데 '**수지 앤 레드 스트라입스**'라는 가 명으로 내려고요.

그거 멋지네요.

수지는 린다가 자메이카에서 얻은 이름이에요. '수지 큐'의 끝내주는 레게[146] 버전에서 따왔죠.

그리고 레드스트라입스는 자메이카의 유명한 맥주에요.

본론은 이겁니다. 걸맞은 만화책을 하나 만들어 주세요.

수지 앤 레드스트 라입스 코믹스요? 물론이죠! 재미있 을 것 같은데요!

하지만 수년 후에 2014년 슈퍼볼[147]에서 폴과 재회했 어. 나이를 좀 먹었더군. 나야 뭐 옛날이나 지금이나 완전 똑같았지.

우리는 악수를 하고 각자 갈 길을 갔지…

하지만 끔찍한 스케줄 덕분에 한동안 서로 를 볼 수 없었어.

그 와중에 가여운 린다씨가 세상을 떠나서 계획은 없어졌지.

내가 만난 뮤지션 중에 폴 매카트니가 가장 특이한 건 아니었어.

특이한 걸로 치자면…

이 책은 1977년에 발행되었고, 홍보부서에서 굉장한 아이디어를 냈지. 버펄로[147]에 있는 인쇄소에 KISS[149] 멤버들이 가서…

손가락을 바늘로 찌른 다음 잉크통에 피를 한 방울씩 떨어뜨린 거야. 이로서 모든 KISS 코믹스에 멤버들의 피가 들어간 거지.

KISS가 비행기를 전세 내어 버펄로로 갈 때 나도 초대받았지.

그렇지만 내가 정말 잊지 못할 순간은 바로 이거였어.

대통령의 자동차 행렬처럼 교통 통제를 한 거야.

내 머릿속에 드는 생각이라고는 이 많은 의사들, 직장인들, 부모들이 고작 네 사람이 잉크통에 피를 넣으러 가는 것 때문에 지체되고 있다는 것이었어.

… 어린애들에게 진짜 KISS의 피가 코믹스에 들어있다고 느끼게 해주려고 말이야.

그때는 작가로서 별로 활동을 하지 않았어요.

하지만 여전히 일종의 막후 실력자로서 사무실들을 돌아다니면서 도와주곤 했지.

한번은 **제리 콘웨이**[150]라는, 어메이징 스파이더맨을 담당하는 아주 재능 있는 작가가 곤란을 겪고 있었는데…

제가 스파이디의 적으로 새로 만든 캐릭터입니다.

본명은 **프랭크 캐슬**인데 멋진 이름을 짓기가 힘드네요.

이 친구가 구체적으로 하는 일이 뭔가?

전직 군인인데 일가족이 갱단에게 살해당했어요.

그래서 지하세계를 응징하기로 마음 먹었죠.

그래, 그 내용 그대로 이름지으면 되겠구먼.

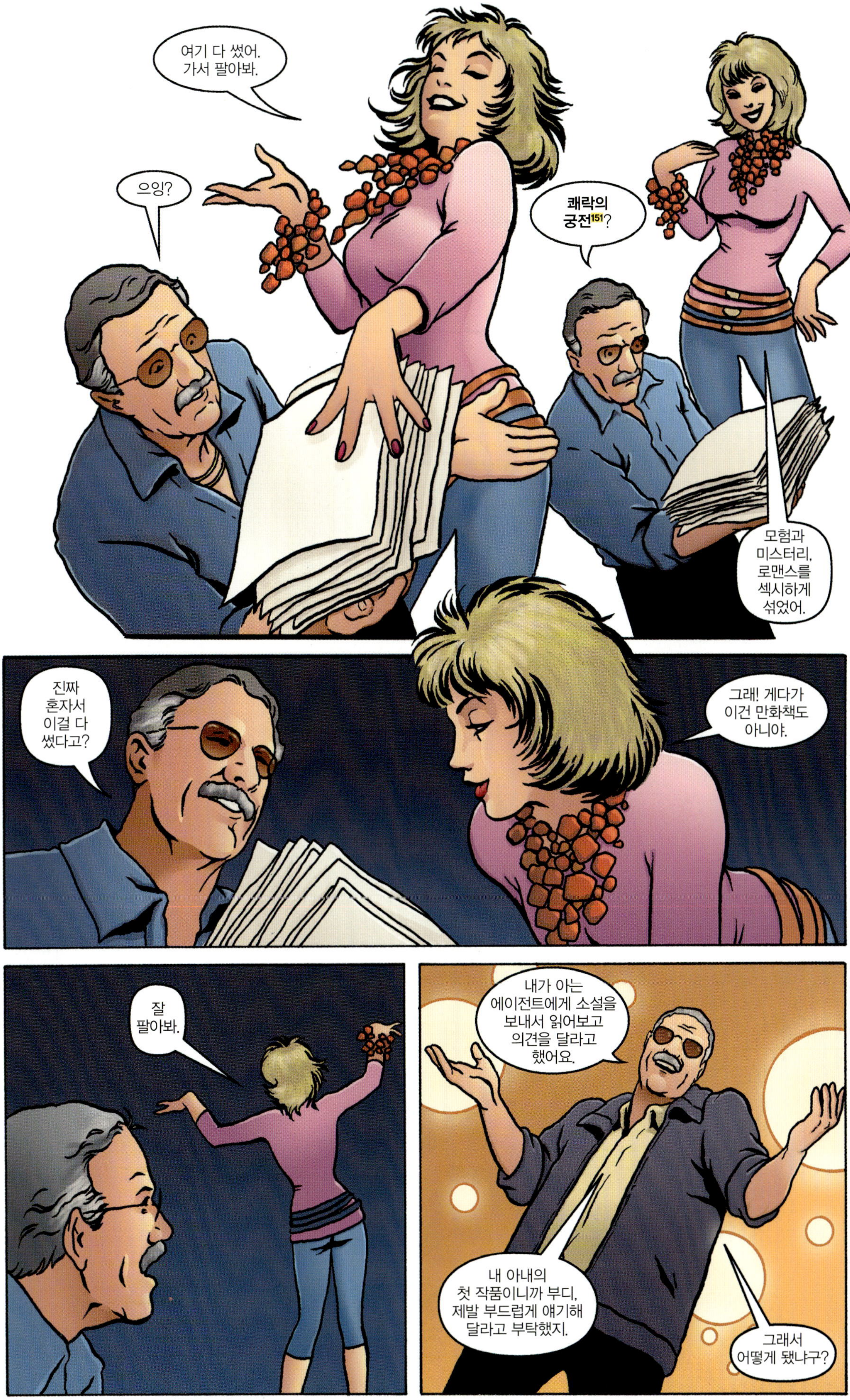

여기 다 썼어. 가서 팔아봐.

으잉?

쾌락의 궁전[151]?

모험과 미스터리, 로맨스를 섹시하게 섞었어.

진짜 혼자서 이걸 다 썼다고?

그래! 게다가 이건 만화책도 아니야.

잘 팔아봐.

내가 아는 에이전트에게 소설을 보내서 읽어보고 의견을 달라고 했어요.

내 아내의 첫 작품이니까 부디, 제발 부드럽게 얘기해 달라고 부탁했지.

그래서 어떻게 됐냐구?

화려하고 육감적이고, 위험하도록 유혹적이다.
이 세상에서 가장 호화로운 정기선에 승선하신것을 환영합니다.
그 이름하여…

THE *Pleasure* PALACE

'쾌락의 궁전'

A Novel by

JOAN LEE

DELL • 16950 • U.S. **$3.95** CAN. $4.95

그동안 내 딸 **조니**는 아름다운 여인으로 성장했어요. 그애도 그림을 그렸지만 절대 팔지는 않았지. 보석 디자인도 했는데 그건 팔았어!

가끔보면 우리 집안에서 내가 제일 창의력이 떨어지는 것 같아.

오늘날까지도 작가로서 평생직장을 얻기는 했지만 말이야.

바로 **스파이더맨 신문 만화.**

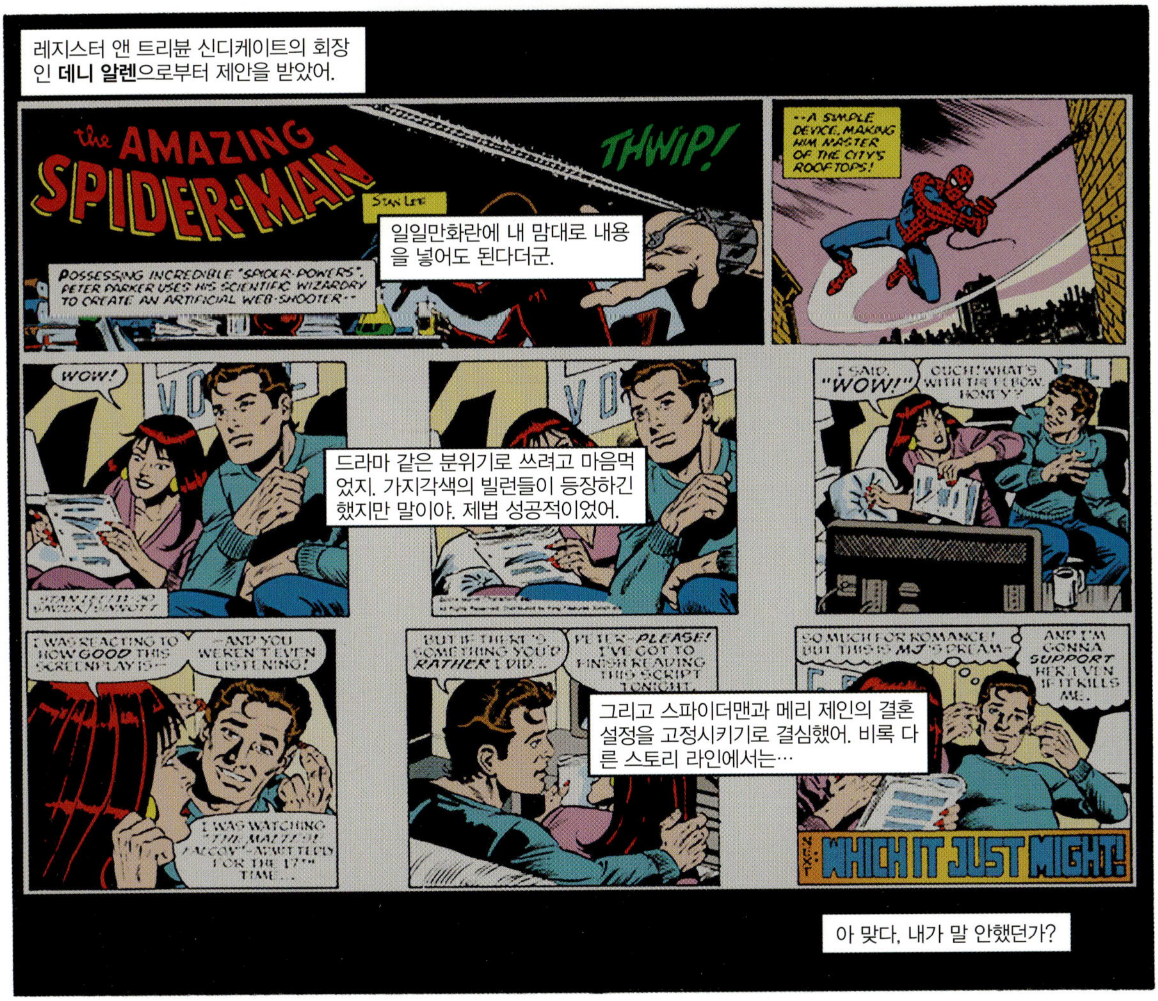

레지스터 앤 트리뷴 신디케이트의 회장인 **데니 알렌**으로부터 제안을 받았어.

일일만화란에 내 맘대로 내용을 넣어도 된다더군.

드라마 같은 분위기로 쓰려고 마음먹었지. 가지각색의 빌런들이 등장하긴 했지만 말이야. 제법 성공적이었어.

그리고 스파이더맨과 메리 제인의 결혼 설정을 고정시키기로 결심했어. 비록 다른 스토리 라인에서는…

아 맞다, 내가 말 안했던가?

마블은 이제 만화책을 넘어서 TV 분야로 손을 뻗고 있었죠.

좋은 예로 각본가이자 감독인 **켄 존슨**[153]이 자칫 유치해질 수 있었던 인크레더블 헐크를 성인 시청자들의 구미를 당기는 쇼로 만들었고…

… 그러면서 동시에 어린 팬들도 잃지 않았지.

스파이더맨 TV쇼는 그 정도로 성공하지는 못했어요.

원인은 TV쇼를 만들면서 원작의 인기 요소들을 없애버렸기 때문이지.

유머와 인간미, 개성을 살리지 않았거든.

벽 타기 같은 특수효과들은 당시 기술로 할 수 있는 최선이었지만, 결국 성공은 못했어.

147

그 시점부터 모든 것이 잘못되기 시작했지. 특히 **헐크**를 다른 마블 히어로들의 데뷔 발판으로 쓰기 시작 하면서 말이야.

불행히도 방송국들이 금기를 들먹이며 참견을 하기 시작했거든.

예를 들어 **토르**를 보자구.

방송국에서 말하기를 미국은 기독교의 유일신이 아닌 신은 용납 못한다더군.

이십 년간 코믹스가 연재되면서 아무도 그런 이의 제기를 한 적이 없는데 말이야.

결국 토르는 환생한 바이킹 전사가 되었지.

물론 지금은 잘 해결됐지.

근데 그건 **데어데블**에게 한 짓에 비하면 아무 것도 아니었어.

다시 한 번 황당한 규제가 생겼지. '뿔' 금지!

사탄 같아 보이니까 안된대.

의상은 빨간색에서 검은색으로 바꿨고 화룡점정으로 안대를 씌웠어.

왜냐면 장님이니까.

내가 그건 말도 안 된다고, 제일 중요한 비밀을 만천하에 드러내는 꼴이라고 했지만 그들은 들은 척도 안했어.

그래도 오늘날에는 마블의 **에이전트 오브 쉴드**[154]와 **에이전트 카터**[155]가 있으니 위안이 되지!

이런 시리즈가 나온 것에 기뻐하라구!

모두 와줘서 고마워요. 오늘의 주제는 이겁니다:

알다시피 우리는 지금 애니메이션계로 진출하려는 중이죠. 허나 제대로 만들려면 우리가 직접 스튜디오를 세워서 운영해야 됩니다.

스파이디와 데어데블 드라마에서 일어난 비극을 되풀이하기는 싫잖아요.

그래서 오랜 생각 끝에 나와 내 아내가 자진하여 고향을 떠나 LA로 이사하기로 했습니다.

마블을 위해서.

그곳에 제가 마블을 위한 애니메이션 스튜디오를 세워서 운영할 것입니다.

여기 있는 **짐 슈터**씨가 불펜을 훌륭하게 관리할 것이라고 믿어 의심치 않습니다.

그리고 여러분 모두가 세상의 기대에 걸맞은 퀄리티로 마블 코믹스를 계속 만들어 나가리라 믿습니다.

짝짝짝

짝짝짝

다들 그 소리를 믿어?

백퍼센트 믿던데!

우리 식구들 LA로 간다!

좋아요!!!

사실 말이지. LA로 여러 번 여행을 다니다 보니 그 도시에 홀딱 반해버렸어.

날씨, 경관, 거기다 일 년 내내 컨버터블 자동차를 덮개 없이 몰 수 있었거든.

내 감히 말하건대, 개인적인 이사를 일의 일부인 것처럼 가장한 것은 정말 천재적이었어.

우리의 새로운 삶을 위하여!

스탠… 무슨 소리 안 들려?

음악 소리 같은데? 게스트하우스에서 나는 것 같아.

당신 말대로네. 이전 주인이 뭔가 우리를 위해 남겨놓고 간 걸까?

나도 전혀 모르겠는데…

대체 왜 음악이 나오는 거지?

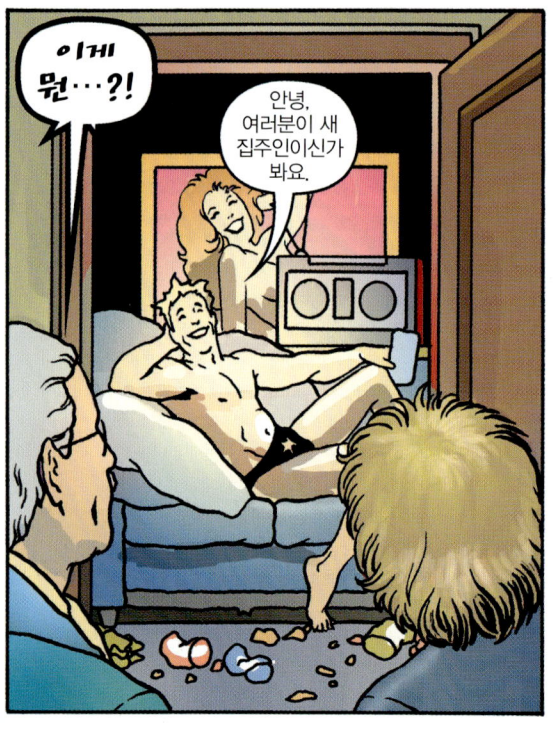

이게 뭐…?!

안녕, 여러분이 새 집주인이신가 봐요.

믿거나 말거나 이전 주인이 게스트하우스를 세를 주고는 우리한테 말을 안 한 거야.

그 친구를 내쫓기 전에 변호사를 불러서 부동산 업자를 협박해야 했지.

참 재미있더군.

반 누이스[156]에 일층짜리 완벽한 스튜디오를 지었어요.

내가 지금까지 한 인터뷰와 강연들의 녹화테이프로 가득 채웠지.

그리고 수년 전에 스탠리 소여가 만든 존의 아름다운 흉상도.

근데 어느 날 밤…

여보세요 스탠 리입니다. 무슨 일이신지…

뭐요?!

소방서에서는 방화로 의심했는데 결국 방화범은 찾지 못했어.

내 녹화테이프들은 다 사라졌고, 더구나 조니의 아름다운 흉상도 불타버렸지.

그래도 다친 사람이 없었으니 다행이야.

더구나 방송국 간부와의 첫 미팅도 썩 잘 풀리지 않았어.

말씀해 보시죠. 리 선생님. 토요일 아침 카툰 방송에 대해 어떻게 생각하시죠?

애니메이션 자체는 정말 아름다웠어요. 다만 스토리가 상당히 수준이 낮더군요.

캐릭터들이 진짜 대사가 아니라 만화 속에서나 가능한 말투를 쓰던데요.

우리 방송 시리즈에 지루한 수다쟁이는 넣지 않습니다.

실없는 수다꾼을 넣으라는 말이 아닙니다. 아무리 아이들을 위한 방송이라도 좀 더 현실적으로 만들 수 있지 않을까요?

다시 말하건대 우리는 지루한 수다쟁이는 넣지 않습니다.

그게 아니라 저는 그저 좀 더 나은 대사를 써서 발전을…

수다쟁이는 필요 없다니까요.

이상한 나라의 앨리스[158]의 정신 나간 티 파티 같았어. 계속 그 말만 반복하더군.

할리우드에 온 걸 환영해, 신참.

그 와중에 마블은 다시 한 번 격동의 시기를 보냈지.

CADENCE INDUSTRIES

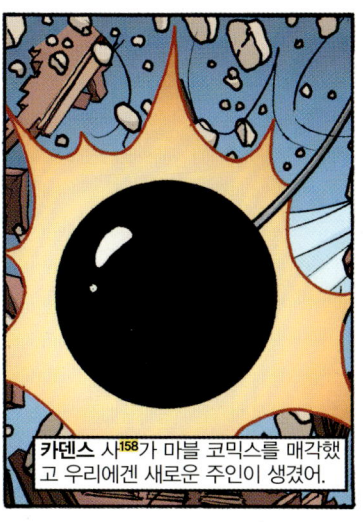

카덴스 사[158]가 마블 코믹스를 매각했고 우리에겐 새로운 주인이 생겼어.

난 이런 일을 많이 겪어서 이제 이골이 나 있었고.

NEW WORLD

그러나 한편으로는 우리가 뉴월드 사에 소속되면서 앞으로 뭐가 달라질까 궁금했어.

마침내 그날이 왔지. 차례차례 마블사의 많은 임원들이 사자 굴로 들여보내진거야.

이번에는 내 차례였어.

열혈 팬입니다!

아니 나 먼저!

사인 좀 해 주실래요?

뭐… 그건 잘 풀렸지.

그리고 끝! 모든 일이 잘 해결되었고 오늘날까지 뉴월드 사가 마블을 소유하고 있다네.

NEW WORLD

아니. 뻥 좀 쳐봤어!

현실은 3년 뒤인 1989년에 뉴월드와 마블은 완전히 새로운 인물에게 팔렸어.

론 펄맨[159]이란 이름의 영리한 거부였지.

아니 그 친구 말고!

그 사람은 **론 펄만**[160]이고

내가 말한 건 펄맨이야, e가 하나 더 붙지!

마블이 마침내 어마어마한 대기업을 거느린 똑똑한 사람에게 넘어가서 나는 신이 났죠.

나는 **빌 베빈스**라는 신사와 미팅을 했어요. 론을 대신해 회사를 운영할 사람이었지.

말해 보시죠,
스탠. 현재 마블에서
받는 연봉이
얼마인가요?

음…
$$$입니다.

흐음…

좋아요, 그럼,
오늘부터 그 두 배를
받게 될 겁니다.

AHH-OOOOO-GAH!
오오오오

실례지만…
뭐라구요?
설마
방금…

예, 두 배
입니다.

와우, 조니가
내 다음달 급여액을
보고 뭐라고 할지
궁금하네요.

뭐 좋은
편지 온 것
없어, 여보?

AHH-OOOOO-GAH!
오오오오

그나저나 이게 내 책상이에요. 요즘은 컴퓨터로 일을 하죠.

원래는 이런 걸로 작업을 했었지. 타자기라는 건데.

내 생각에 여러분 대부분은 이 물건을 직접 써보기는 커녕 실물로 본 적도 많지 않을 거야.

그렇지만 불과 몇 십 년 전만 해도 이 앞에 앉아서 진짜 종이에다 타자를 쳤죠.

난 내 타자기들을 사랑했어. 스파이디의 첫 번째 책, 판타스틱 포… 모든 것을 타자로 쳤어.

하나 정도는 스미소니언 박물관[161]에 전시할 수도 있었을 텐데.

불행히도 어느 날 존과 내가 심하게 말다툼을 하다가…

WAAAM

꽝

휴우…

이베이[162]가 없던 시절이었지. 아쉬워라. 부서진 조각을 경매에 올렸으면 한 건 할 수 있었는데…

아무튼 간에…

코믹스 판매사업은 아주 잘 되고 있었어.

신문에서는 코믹스가 얼마나 투자가치가 있는 사업인지 대서특필을 해댔고, 사람들은 그걸 믿기 시작했지.

그래서 원래 자기가 사려고 했던 코믹스 대신에…

… 몇 권을 좀 더 사게 되고…

… 그리고 또 더 사고. 그리고 또…

이만하면 감이 오겠지?

책 수집가들은 지금이 바로 모아둔 코믹스로 대박을 칠 순간이라고 생각했어.

그래서 동네 코믹 북 가게로 향하는데…

… 특별하고 한정된 판본들만 거래된다는 사실을 깨달았지.

골든 에이지[163] 코믹스만 매입합니다.

골든 에이지 코믹스만 매입합니다.

오래된 코믹스가 귀한 이유는 말 그대로 희귀하기 때문이야. 허나 출판사들은 이미 새로운 코믹스들을 수백만부씩 인쇄하고 있지.

열 받은 수집가들은 코믹스에 완전히 관심을 끊었고…

… 소매상들도 곧 뒤따랐지. 한때는 6,000개의 가게가 있었는데 이제는 2,000개만 남았어.

영구 폐점

출판사들도 큰 타격을 입었지. 시장 전체가 무너지고 있었어.

당시의 마블은 아주 큰 난관에 부딪혔어. 다른 부서와의 금전적 충돌과 메이저리그 야구카드 돌풍이 어찌나 회사를 낭떠러지로 밀었는지…

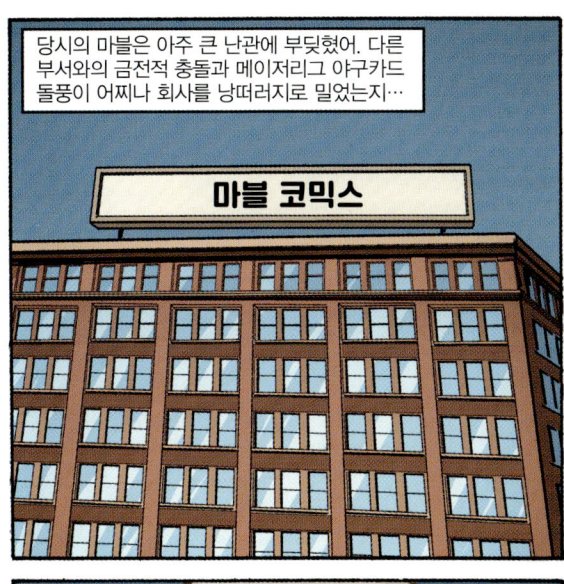

… 이름 난 기업 사냥꾼이 마블에 눈독을 들인 거야.

칼 이칸[164]이었지. 모두가 기업 술책에 말려들어 회사에서는 마블이 파산 신청을 하도록 만들었어[165].

이칸은 회사를 자신이 이끄는 채권 소유자들에게 넘기라고 연방법원을 설득했지.

그때 누구도 예상하지 못했던 일이 벌어졌어.

아비 아라드[166]와 **이삭 펄머터**[167]가 경영하는 '토이 비즈'가 개입한 거야.

어찌된 일인지 1997년에 아비와 이삭이 마블을 낚아채는 데 성공했고 은행도 그들 편을 들어주었지.

나는 바깥에서 상황을 지켜보는 입장이었지.

저기요!

화장실은 옆문으로 나가서 복도를 따라가면 왼쪽에 있어요.

아뇨, 그게 아니라…

그냥 어떻게 일하시는지 궁금해서요.

글을 어떻게 쓰는지.

저도 언젠가 작가가 되고 싶어요. 그래서 저에게 충고를 좀 해주실 수 있나 해서요.

물론이지.

이미 했어요.

이 책 한권이 다 그 내용이야.

고맙습니다.

우와, 저도 하나 주시면 안돼요?!

미안해요 친구들! 지금은 한 권밖에 없어요. 일단 모두들 진정 하세요.

도움이 된다면, 내가 늘 따르는 몇 가지 요령을 여러분의 앞날을 위해 가르쳐주겠어요.

절대 주눅 들지 마세요.
정말 훌륭한 작가들도 데뷔해서
책이 실제로 팔릴 때까지
꽤 오래 걸렸답니다.

물론 수년에 걸쳐 글을
썼는데도 책 한 권 팔지 못한
굶주린 노숙자라면 다른
직업을 찾아봐야겠지만.

그 외의 경우에는
꾸준히 힘을 내세요.
내일은 성공할지도
모르잖아!

자…
어디까지
했더라?

오, 맞아!
다시 내
얘기를
해야지!

그래서 '새로운' 마블은
내게 평생 계약과 준수한 봉급,
그리고 '명예회장' 직을
부여했죠.

그 당시
흥미로운 사람들을
좀 만났는데, 한번은…

만나서 영광입니다. 대통령님.

저도 그렇습니다, 스탠. 여기 아름다우신 숙녀 분은…?

나도 충동을 못 참고 이렇게 말했지.

이쪽은 저의 트로피 와이프[172], 조안입니다.

놀라운 건, 몇 주 뒤 모금 칵테일파티에서 힐러리 클린턴[173]과 또 만나게 됐어요.

나를 기억할 지 확실하지 않았어. 그래서…

안녕하세요 클린턴 부인, 아마 기억 못하시겠지만 저는…

안녕하세요 스탠! 당신과 트로피 와이프는 잘 지내 셨나요?

확실히 기억하긴 하더라고!

그리고 당시에 인터넷 회사를 차리는 일에 설득당했죠. 그때는 그게 좋은 생각인 것 같았거든.

하지만 아니었지.

안 좋게 끝났으니 그 얘기는 이만 줄이는 편이 낫겠어.

또한 **길 챔피언**[174]이라는 훌륭한 경영자를 만났어요. 우린 함께 새로운 회사를 차렸지.
경이로움의 전달자 (Purveyors of Wonder). 줄여서 **파우(POW)!**[175] **엔터테인먼트**.
Stan Lee's
POW!
ENTERTAINMENT
마침내 새로운 캐릭터들을 창조해 낼 수 있게 됐지. 더구나 제일 좋은 점은 내가 저작권을 갖는다는 거!
마블에서 일할 때는 꿈도 못 꾸었던 상황이지.
내가 POW! 초창기 때 만든 캐릭터들을 기억하는가 한번 볼까요.
혹시 기억이 나지 않는다면… 여기 대단히 무난한 그림을 첨부해서 여러분의 기억을 자극시켜 볼께요.
아직 모르겠어?
어쨌든, 새로 창립된 스파이크 TV 방송사에 애니메이션 시리즈를 팔았어요. 그 이름은…

…스트리퍼렐라!

STAN LEE'S STRIPPERELLA
STARRING PAMELA ANDERSON

에로티카 존스[176]라는 여자가 주인공인데, 낮에는 평범한 폴 댄서이지만…

밤에는 슈퍼 비밀 요원으로 변신하여 정의와 기타 등등 좋은 것을 위해 싸우지.

이걸 '두 가지 상반된 삶을 사는 여성에 대한 깊은 심리학적 고찰' 정도로 여기면 재밌을 꺼야.

그때부터 POW!는 신나는 새로운 시리즈들과 캐릭터들을 내놓았어. 여기 몇 개 소개하지.

169

그리고 나는 전 세계의 창작자들과도 함께 일하고 있지. 그들의 문화를 반영하는 캐릭터들을 구상해내면서 말이야.

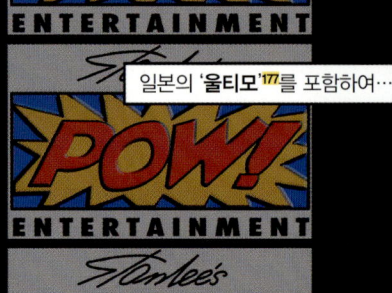

일본의 '울티모'**177**를 포함하여…

역시 일본의 스타 뮤지션인 요시키가 등장하는 '블러드 레드 드래곤'…

그리고 인도 출신의 '차크라 더 인빈시블!'

또한 POW!에서 나와 15년간 제작을 같이해 온 길 챔피언과 함께 하면서 '스탠 리의 위대한 7인'에 등장했고, '위대한 힘과 함께 하다', '스탠 리 스토리' 도 같이 만들었지.

당신의 코스튬으로 응모하라!
TURN IN YOUR COSTUME!

UNCLE STAN WANTS YOU

나는 리얼 TV[178]에도 영향력을 뻗쳤어. '누가 슈퍼히어로가 될 것인가?'라는 굉장히 신나는 TV 시리즈의 진행자를 맡은거지. 자라나는 새내기 히어로들을 성장시켜 주는 가이드 역할이었어!

심지어 **헐리우드 명예의 거리**에 나의 별까지
남겼다네! 이보다 더 높이 비상할 곳은 없지!

한편 그 와중에 마블은 여전히 극장 상영용 영화를 제작하는데 어려움을 겪고 있었어. 이 전쟁은 몇 년 씩이나 계속되어 왔지.

1960년에 **캡틴 아메리카** 영화가 만들어졌는데 제작하고 2년간 개봉조차 못했지.

레드 스컬[179]이 이탈리아인이란 설정이었어! 그게 말이나 돼?

그나마 상영되기는 했으니 다행이지. 1994년판 **판타스틱 포**는 얼마나 졸작이었는지 극장에 배급조차 되지 않았어.

어떤 이들은 이 영화는 단지 스튜디오가 판권을 계속 쥐고 있으려고 만든 거라고 하더군.

반면에 팀 버튼[180]과 마이클 키튼[181]의 배트맨은 수억 달러를 긁어모으고 있었지. 진짜 약 오르는 상황이었어.

173

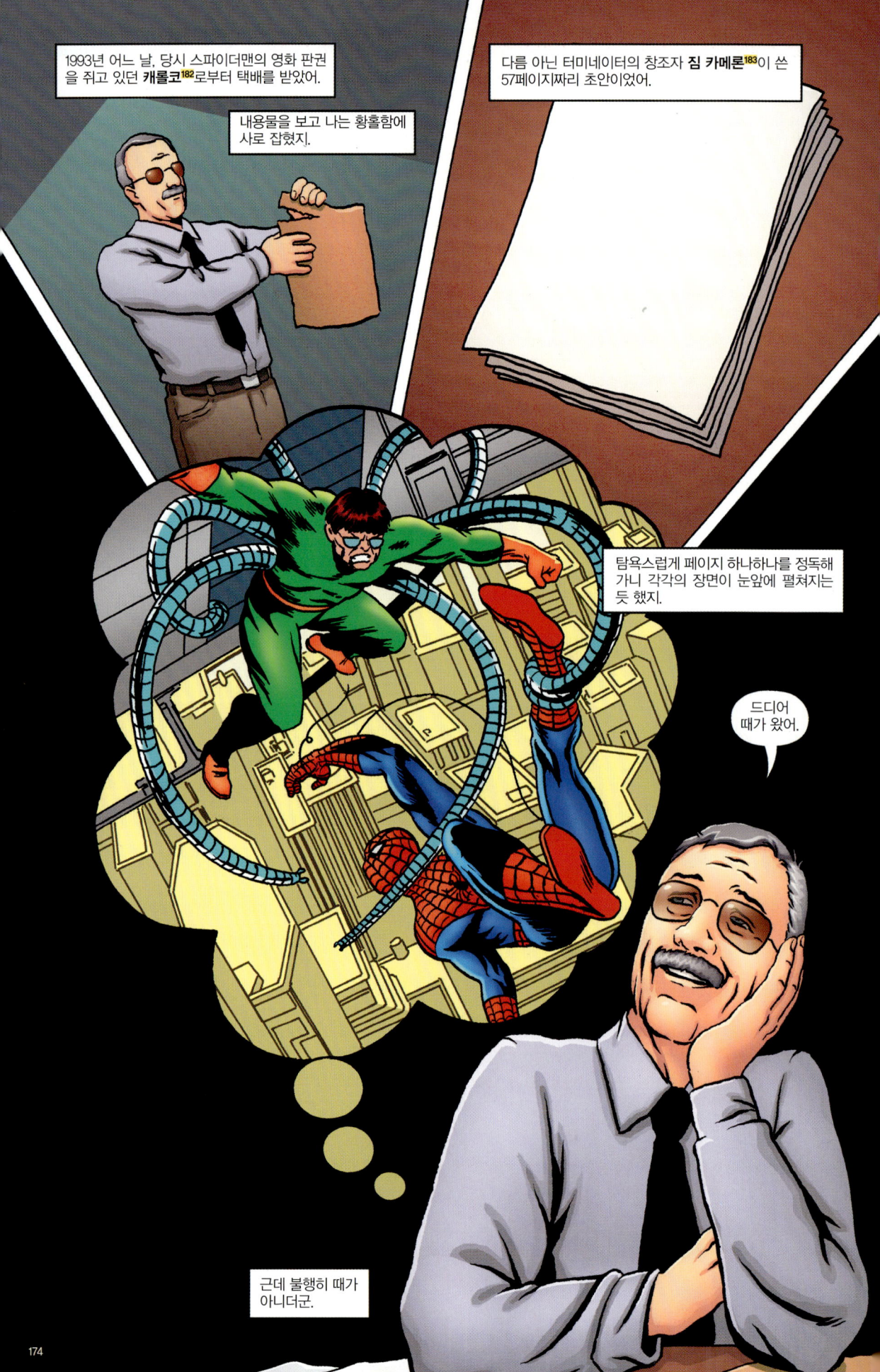

영화와 관련된 일 전체가 스파이더맨 제작 판권을 둔 거대한 법정 싸움으로 비화된거야. 그때 일은 머리가 아파서 생각하기도 싫어.

그때부터 거의 2년간 변호사들끼리 만나서 다투고 고소하고 또 맞고소를 해댔지.

마치 가라앉는 거대한 배 같았어.

혹시 모르지. 거기서 짐 카메론이 다음 영화의 영감을 얻었는지도.

마침내 그 많은 줄다리기와 수백만 달러의 변호사 수임비용이 든 후에야…

…모든 것이 정리되었지.

그리고 **샘 레이미**[184]라는 훌륭한 감독을 영입했어.

샘은 그 대가로 이걸 연출해 줬지.

토비 맥과이어[185]와 커스틴 던스트[186] 주연의 이 영화는 1억 3천 9백만 달러의 제작비를 투입해 2002년에 개봉했는데…

… 전 세계에서 **8억 달러**의 흥행성적을 거뒀지.

두말 할 것 없이 엄청난 성공이었어.

무엇보다 최고인 점은 바로 이 몸이…

… 등장했지!

아주 짧은 출연이었어. 그린 고블린이 마구 깽판을 치는 장면에서…

… 내가 달려가서 어린 소녀를 떨어지는 건물 잔해로부터 구해내지.

그래요. 내 첫 등장에서 내가 히어로로 나온거지.

감사, 감사!

실은, 세월이 지나며 마블이 영화산업에 뛰어들고 다른 스튜디오들도 우리 히어로들을 사용하면서…

…이제는 내가 카메오를 하는 게 전통처럼 되어 버렸어. 알프레드 히치콕[187]은 아무 것도 아니지!

판타스틱 포 '실버 서퍼의 습격'에 출연했을 때가 제일 마음에 들었어. 왜냐하면 실제 코믹스에서 나온 카메오 장면을 바탕으로 했거든!

그게, 옛날 '판타스틱 포 애뉴얼' 3호에 잭 커비와 내가 리드와 수의 결혼식에서 입장을 거절당하는 장면이 나오는데.

안 된다고 말했잖아요, 선생들!

그렇지만 우릴 안 들여보내 주는 건 말도 안 돼!

말 됩니다. 선생님.

조용히 가세요!

아저씨들, 출구는 이쪽 입니다.

두고 보자! 반드시 이 빚은 갚아 주지!

꺼져 이 거지들아! 코웃음도 안 나오는 협박하지 말고.

방금 대체 뭐야? 감히 우리를 들여보내지 않다니!

우리의 힘을 보여주자구, 잭. 불펜으로 돌아가서 다음 회를 쓰기 시작하는 거야.

오, 가서 수류탄 이나 처먹어라!

-끝-

여러분이 늘 바라시던 장면! 수와 리드가 이제 부부사이가 되었답니다. 여러분들이 우리 이야기에서 스릴과 재미를 얻으셨기를 바랍니다! 판타스틱 포의 새로운 삶의 장이 곧 열립니다. 언제나처럼 여러분도 함께 지켜보실 겁니다!

23

그래서 **수**와 **리드**가 영화 마지막에 결혼식을 올릴 때…

…내가 또 쫓겨난거지!

참 요상한건 내가 이전 '판타스틱 포' 영화에서는 **윌리 럼킨** 역이었거든! 덕분에 충성스런 메일맨[188]이 문전박대 당한 것처럼 나왔어!

난 카메오 하는 게 정말 좋아. 내가 또 특히 좋아한 카메오는 '**아이언 맨 1**'에서였지.

헤이, **헤프**[189] 얼굴 보니 좋네요.

그러나 역대 최고를 꼽으라면 바로 최근의 '**어벤저스 : 에이지 오브 울트론**'에서였지.

이 책을 쓰는 지금 이 순간에는 아직 개봉을 안했어. 그러니 출연 분량은 커녕, 실제 나오는지 조차 모르지.

그러니 여기서 다 보여드리지. 기억할 수 있는 한 전부 다.

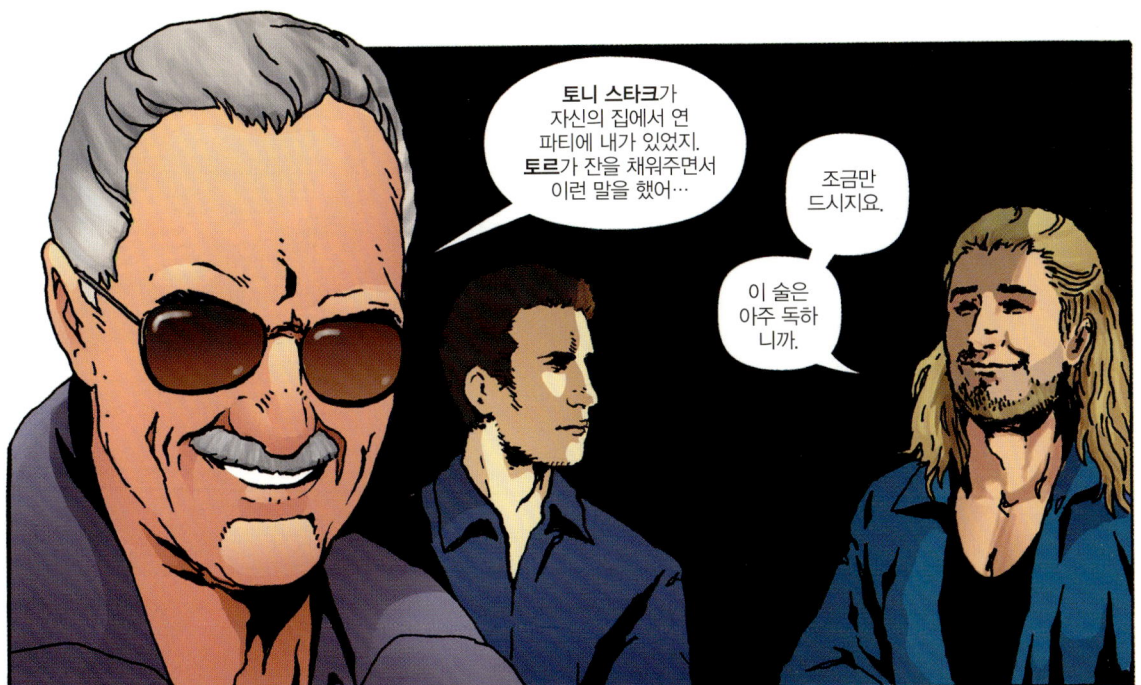

토니 스타크가 자신의 집에서 연 파티에 내가 있었지. 토르가 잔을 채워주면서 이런 말을 했어…

조금만 드시지요.

이 술은 아주 독하니까.

가득 채워주시오!

그러다 괜찮겠어요?

나 이오지마[190] 전투에서 싸운 사람이야.

그런 술 따위는 아무것도 아니지.

엑..셀..시오.. 르... 으....

아이러니하게 내 카메오 출연들이 역으로 내 경력에 박차를 가해줬죠!

이제 마블 영화에서 스탠 리를 보는 것이 전통처럼 되었어. 어느 정도였냐면 마블 영화가 아닌 곳에도 출연할 정도였어!

실제로 조연으로서 위대한 **케빈 스미스**[194]의 신나는 영화 '**몰래츠**'에 나와. 수염을 기르고서 말이야!

프린세스 다이어리[195]에서는 **줄리 앤드류스**[196]를 유혹했지.

하! 심지어 가장 인기있는 TV 시트콤에 게스트 출연도 했어.

그 유명한 '**빅뱅 이론**'[197]이야. **쉘든 쿠퍼**[198]가 괴롭힌 또 다른 유명인사 중 하나가 되지.

실은 수십 편의 영화와 TV 프로그램에서 작은 역들을 맡아왔어.

작가치고 나쁘지 않지, 안 그래?

181

그러던 어느 날 전화를 받았는데…

스탠? 나 **마이클 우스랜**[199] 이에요.

마이클! 정말 반갑네요! 당신이 제작한 배트맨 영화들이 아주 잘 됐다고 들었어요.

뭐, 틀린 말은 아니죠.

있잖아요. 스탠, 이제 당신이 자유를 찾아서 누구와 함께든 어떤 내용이든 다 쓸 수 있다고 들었어요.

맞아요.

DC 코믹스를 위해 시리즈를 쓰는 건 어때요?

…스탠?

진담은 아니겠죠!

아니-?! 어떻게 이렇게 빨리 도착했죠?!

내 차가 좀 빠르거든요. 다 웃었어요?

마이클, 난 호랑이 담배피던 시절부터 마블과 함께 일했어요.

우리의 가장 강력한 경쟁사인 DC가 나한테 자기들 잡지를 써 달라고 할리가 없어요.

아뇨, 아뇨. 이건 당신만의 잡지가 될 거예요.

내가 원하는 건 당신이 DC의 열두 명의 최고 인기 캐릭터들을 소재로 자신이 창조한 캐릭터인냥 써달라는 겁니다.

마이클, 그 어떤 작가도 결코 거절할 수 없는 제안이군요.

하지만 DC가 자기들 캐릭터들을 내 맘대로 요리하게 내버려 둘 확률은…

스파이더맨이 저스티스 리그에 참가할 확률 정도에요.[202]

한번 물어나 보는거죠 뭐. 다시 연락할께요.

그렇게 끝날 줄 알았지.

근데 일주일 후…

스탠? 나 마이클이에요! 계약 따냈어요!

으잉?

제목은 이거에요! '만약 스탠리가 ○○○을 썼다면-'

세상에나! 이젠 어쩌지? 내 말은, 내가 망쳐 버린다면 팬들 반응이… 마, 만약 내가 막…

… 슈퍼맨이 원래 크립톤 행성[203]의 경찰 중에서 가장 무능한 사람이었다고 한다면…?

… 아니면 **아쿠아맨[204]**이 사실 물로 이루어진 생명체라고 한다면..?

… 근데 사실 이건 나중에 본편에서도 채용된 스토리야. 가서 한번 찾아봐!

어쨌든 난 그 둘을 포함한 열두 개 작품을 해냈어. 그리고 팬들이 내 인형을 만들어 불태운다거나 하지는 않았지. 적어도 내가 아는 한은 말이야.

난 참 흥미진진한 삶을 살아왔죠. 시작이 어땠는지 생각하면 믿기지 않을 정도라니까.

심지어 내 액션 피겨도 만들어졌어. 2007년에 마블이 스탠 리 액션 피겨를 선보였거든. 의상 밑의 몸체는 진짜 스파이더맨 액션 피겨의 몰드였죠.

그리고 유명 인사들을 만날 기회도 많았는데… 예를 들어…

조지 W. 부시[205]

나와 **올리비아 드 하빌랜드**[206]라는 멋진 분에게 국가예술 훈장을 수여해주는 행사였어.

부시가 직접 올리비아 씨에게 훈장을 줬지.

그 뒤에 뺨에 키스를 하더군.

다음은 내 차례였어. 내 머릿속에 제일 먼저 떠오른 생각을 말했지.

설마 나한테 키스하진 않겠죠?

그랬더니 빵 터지더군. 대통령과 내가 폭소를 터뜨리는 장면이 공식 사진으로 찍혔다네.

한번은 CNN[207]에 인터뷰를 하러 갔지, 내 행사 기획자인 **맥스 앤더슨**과 함께였어.

안녕하세요, 스탠!

안녕하세요!

근데 당신 **조지 클루니**[208]랑 엄청 닮으셨네요.

맞아요, 그 소리 많이 들어요.

스탠, 그거 알아요?

뭘?

방금 그 사람 조지 클루니 예요.

나중에 조지와 다시 만나게 되어서 내가 가끔 눈이 좀 어둡다고 말했지.

조지는 더 많은 사람들이 자신을 못 알아보게 되었으면 좋겠다더군. 멋지지?

또 한 번은 시상식에 참석하게 되었을 때였는데, 나의 아름다운 조안과 동행했다네.

나중에 **브래드 피트**[209]와 마주쳤어. 당신 배역을 빼앗지는 않을 테니 안심하라고 말해줬지.

감사해하는 눈치더군.

그런 다음 **스티븐 스필버그**[210]와 만났어.

내가 직접 새로운 각본도 몇 개 써주고 감독 일에 대한 조언도 해주겠노라 말했지.

농담을 잘 받아주는 사람이라 다행이었어.

그리고 여기 내 딸 J.C와 내가 '토르 2' 시사회에서 **안소니 홉킨스**[211]와 함께 하는 모습이야

나는 시사회에 J.C와 동행하는 걸 무척 좋아해.

우리 딸이 그 자리의 어떤 스타에게도 뒤지지 않을 정도로 매혹적이라는 사실도 좋고.

근데 그거 아세요? 사실 유명인사들은 중요하지 않아.

중요한건 여러분이지.

팬 여러분 말이야.

계속 여러분과 만나고 여러분의 의견을 듣고 싶어요. 심지어 이젠 우리들만의 대회까지 있잖아. 바로 **스탠리의 코미카제!**[212]

그래도 역시 예상치 못한 만남이야 말로…

한번 예를 들어드리지.

플로리다의 유니버셜 스튜디오에 갔을 때의 일인데 부사장들 중 한명이 직접 안내해주겠다고 했지만 난 그냥 혼자 돌아다니겠다고 했지.

마침내 발각 당했어. 그리고 사인 사냥꾼들에게 둘러싸였지.

아무도 날 못 알아봤어.

좀 우울해지더군. 물론, '**스탠리 거리**'[213]에 들어서기 전까지 말이야.

정말 황홀했었지! 그 때…

우와아! 진정해. 이 친구야! 괜찮아요?

이이가 당신의 열혈 팬이거든요. 평생 그랬어요.

그냥 팬이 아니에요.

제가 어릴 때 아버지가 돌아가셨죠. 아주 오랫동안 내게 아버지가 없단 사실에 슬퍼했어요.

네. 그런데 어머니가 어메이징 스파이더맨을 사주셨어요.

정말 유감이네요.

대부분의 코믹스가 그저 재미를 위해서 만들어진다는 건 알지만, **피디 피기는** 제 마음 깊숙이 닿았어요.

그가 삶 속에서 너무나 많은 일을 이루는 모습은… 한마디로… 놀라웠죠[214].

마블의 캐릭터들이 없었다면 저는 오늘날 이렇게 가족을 갖지 못했을 겁니다.

나도 알아, 안다구. 잘난척하는 일화처럼 들리겠지? 하지만 그런 게 아니야.

난 그저 평생 슈퍼히어로로 이야기를 지어 내며 살아왔을 뿐인데… 그게 사람들과 진정으로 이어질 수 있다는 사실을 깨닫고 너무 감동받았어.

내가 누군가를 도울 수 있다는 것…

… 누군가 위로가 필요한 사람에게 말이지.

저기요.

오, 너구나! 웬일이니, 꼬마야?

조니에 대해서 전부 다시 좀 얘기해주실 래요? 정말 멋진 사람인 것 같아요.

물론이지.

네가 알고 싶은 것 다 말해주마. 하지만 우선 이것부터 말하자고.

코믹스, 애니메이션, 쇼 비즈니스… 내가 꽤 잘해온 것일 수도, 아닐 수도 있어.

하지만 결혼 후 60년이 지나 고도 그녀가 내 곁에서 미소짓고 있다면…

… 그거면 전부 이룬 거야.

자, 꼬마야. 같이 밀크셰이크나 마시러 가자.

193

찾아보기

37) 닥터 둠(Doctor Doom), 스탠 리와 잭 커비가 창조한 판타스틱 포(Fantastic Four)의 대표적인 빌런으로 1962년 〈판타스틱 포 이슈 5〉에서 처음으로 등장했다.

38) 데어데블(Daredevil), 마블의 캐릭터. 본명은 맷 머독(Matt Murdock). 통칭은 "The Man without Fear"(두려움을 모르는 남자). 빨 간색 옷을 입으며 범죄자 퇴치를 한다. 뉴욕의 헬스 키친을 중심으로 활약하며, 원래의 직업은 변호사로 컬럼비아 로스쿨을 수석 으로 졸업했다. 어린 시절 사고로 방사성 폐기물에 의해 두 눈을 실명했다. 눈이 안보이나 엄청나게 많은 무술을 할 수 있고 시 각장애인용 지팡이로 위장한 쌍절곤으로 적을 공격한다.

39) 레터러(letterer), 미국 만화계에서 대사를 손으로 직접 쓰는 사람을 레터러라고 한다.

40) 잉커(inker), 미국 만화계에서 그림의 외곽선을 잉크로 옮기는 작가를 잉커라고 한다.

41) 펜슬러(penciler), 연필 원화가. 미국 만화계에서 연필 데생을 담당하는 작가를 펜슬러라고 한다.

42) 컬러리스트(colorist), 미국 만화에서 채색만 전문으로 하는 작가.

43) 실제로 액션코믹스 초판본은 몇 억에 달하는 가격에 경매되는 것을 인용한 블랙유머.

44) 뉴캐슬어폰타인(Newcastle upon Tyne), 영국 잉글랜드 동북부, 타인 강 하구에 있는 항구 도시.

45) 리노(Reno), 미국 네바다 주 서부에 위치한 도시. 이혼 도시로 유명하다.

46) DC-3, 맥도넬더글러스 사가 제작한 쌍발 프로펠러기이며 여객기로 사용되었다.

47) 이혼이 쉬워 이혼 도시로 유명한 리노의 이혼 법정은 1931년부터 부부 가운데 어느 한쪽이라도 네바다 주에 6주간 살았다는 증 거만 있으면 간단히 이혼을 허락해준다.

48) 영국인이라는 의미.

49) 호러 코믹스, 공포 만화.

50) 빌 게인즈(Bill Gaines, 1922~1992), 미국 출신 작가, 편집인, 발행인. 공포 만화 EC를 간행했고 Mad라는 잡지를 출판했으며, Tales from the Crypt 등의 다양한 작품이 있다.

51) 만화책 검열 위원회, CCA(Comics Code Athority), 1954년에 만들어진 만화 검열 기구.

52) 길 케인(1926~2000), 라트비아 출신의 미국 만화작가. 마블, DC 등 여러 회사에서 다양한 캐릭터 작업에 참여했다.

53) 노먼 오스본(Norman Osborn), 스탠 리가 만든 캐릭터로 마블의 슈퍼빌런이며, 스파이더맨에 등장하는 가상 기업의 최고경영자(CEO).

54) MJ(Mary Jane Watson), 스파이더맨에 등장하는 캐릭터.

55) 해리(Harry), 노먼 오스본의 아들(그린 고블린).

56) 스파이디(Spidey), 스파이더맨의 애칭.

57) 빌런(villain), 악당을 뜻하는 코믹스 분야에서 고유명사화 된 단어.

58) CCA(Comics Code Athority), 1954년에 만들어진 만화 검열 기구

59) 댄 드카를로(Dan DeCarlo, 1919~2001), 뉴욕 출신 펜슬러, 잉커, 만화가.

60) 앨 제프(Al Jaffee, 1921~), 미국의 만화가, 잡지 'Mad' 발간.

61) 진 콜랜(Gene Colan, 1926~2011), 뉴욕 출신 만화가. 대표작으로 데어데블, 닥터스트레인지, 블레이드(웨슬리 스나입스가 주연 한 영화) 등.

62) 조 매닐리(Joe Maneely, 1926~1958), 미국의 만화가. 마블 코믹스의 전신인 Atlas Comics에서 활동. 여러 작가들과 협력하여 다 양한 캐릭터를 창조했다.

63) 블랙 나잇(Black Knight), 1955년 스탠 리와 조 매닐리가 만든 마블의 캐릭터.

64) 링고 키드(Ringo Kid), 1954년 조 매닐리와 여러 작가가 협력해서 만든 마블의 캐릭터. 아틀라스 코믹스에 이어 마블 코믹스에서 도 나오는 서부극의 주인공.

65) 옐로우 클로(Yellow Claw), 1956년 조 매닐리, 알 페델스타인(Al Fedelstein)이 만든 마블의 캐릭터. 슈퍼빌런.

66) 현재 옐로우 클로와 지미 우는 '에이전트 오브 아틀라스' 연재에 등장하고 있음.

67) 지미 우(Jimmy Woo), 마블의 캐릭터로 중국계 미국인 비밀 요원임.

68) 쉴드(S.H.I.E.L.D). 마블 코믹스에 등장하는 슈퍼히어로를 관리하는 가상의 조직이다. 시대와 등장 작품에 따라 약간의 차이는 있 지만 슈퍼히어로를 관리하는 국가 조직으로 그려져 있다. 스탠 리와 색 커비에 의해 창소뇌었으며 1965년에 Strange Tales 제 135 호에 처음 등장한다. 오랫동안 닉 퓨리가 장관을 맡고 있었지만, 어떤 사건을 계기로 사임한다. 나중에 필 콜슨이 국장이 된다.

69) 미세스 라이언(Mrs. Lyon), 스탠 리와 조 매닐리가 시카고 선 타임즈(Chicago Sun-Times) 에 연재한 신문만화.

70) 스나푸(SNAFU), 마블 코믹스에서 출판한 풍자만화의 제목. 원래는 '상황이 잘못되었지만 그나마 정상적인 상태가 유지된다'는 뜻으로 이차대전 당시 미국 해병대에서 만들어진 군대 속어(Situation normal, all fucked up)이다.

71) 매드 매거진(Mad Magazine), 하비 커츠만(Harvey Kurtzman)과 윌리엄 게인즈(William Gaines)가 1952년에 만든 미국의 대표적 인 유머 잡지이다. 스탠 리는 매드 매거진에 대한 오마주로 스나푸를 만들었다.

72) 저스티스 리그(Justice League), DC 코믹스에서 간행된 슈퍼히어로들이 한자리에 모여 결성한 올스타 히어로 팀이다. 1960년에 탄생했으며 이후 애니메이션과 TV 드라마, 영화 등으로 만들어졌다. 구성 멤버를 보면 슈퍼맨(Superman), 배트맨(Batman), 아 쿠아맨(Aquaman), 그린랜턴(Green Lantern), 원더우먼(Wonder Woman) 더 플래쉬(The Flash), 사이보그(Cyborg) 등이 있다.

73) 잭 리보위츠(Jack Liebowitz, 1900~2000), 구 러시아제국 출생. DC 코믹스의 편집자. 1934년 말콤 휠러 니콜슨이 설립한 내셔 널 얼라이드 퍼블리케이션스에서 신문 연재만화의 수준을 높여서 새로운 만화를 싣는 잡지를 만들었다.

74) 휴먼 토치(Human Torch), 여기서 언급되는 휴먼 토치는 1939년에 창조된 것이고 그 뒤 스탠 리와 잭 커비에 의해 재창조된 휴 먼 토치는 판타스틱 포의 일원이 됨. 판타스틱 1편(1961)에 스파이더맨의 친구로 등장한다.

75) 서브 마리너(Sub-Mariner), 마블 코믹스의 슈퍼히어로.

76) 캡틴 아메리카(Captain America)는 미국의 만화 캐릭터로 마블 코믹스의 만화책에 등장하는 슈퍼히어로이자, 해당 만화책 시리 즈의 이름.

77) 칼 버고스(Carl Burgos, 1916~1984), 미국의 만화 제작자이자 아티스트, 펜슬러. 오리지널 휴먼 토치의 창조자로 마블 코믹스의 골든 에이지의 대표적인 만화가.

78) 피니어스 호튼(Phineas Horton) 박사, 1939년 마블 코믹스에 등장하는 가상인물로 휴먼토치의 창조자.

79) 죠니 스톰(Johnny Storm), 일명 인비저블 우먼(Susan Storm)인 슈퍼히어로 수 스톰의 남동생.

80) 포스필드(force fields), 일종의 방어막으로 자신을 적으로부터 보호하거나 상대방을 파괴할 수 있다.

81) 코스믹 레이(Cosmic Ray), 우주 광선. 별다른 뜻이 없고 그럴 듯하게 보이기 위해 사용한 단어.

82) 코스튬(Costume), 히어로 특유의 복장.

83) 스탠의 비누상자(Stan's Soapbox), 스탠 리가 만든 독자 의견란.

84) 닥터 둠(Doctor Doom), 마블 코믹스에 등장하는 슈퍼빌런.

85) 콰지모도(Quasimodo), 빅토르 위고의 파리의 노트르담(혹은 노트르담의 꼽추)에 등장하는 가상의 인물. 기형적 외모 때문에 사람들에게 두려움의 대상으로 멸시를 받는다.

86) 지킬 박사와 하이드 씨(Dr Jekyll and Mr Hyde), 로버트 루이스 스티븐슨이 쓴 단편소설이자 그 소설의 주인공 이름.

87) 브루스 배너(Robert Bruce Banner), 헐크의 본래 모습(알터 이고, alter ego). 감마선 폭탄에 피폭되어 헐크(The Incredible Hulk)로 변함. 1962년 스탠 리에 의해 창조되었다.

88) 사이드킥(Sidekick), 슈퍼히어로를 보조하는 역할을 하는 인물.

89) 스티브 딧코(Steve Ditko ,1927~), 미국 펜실베니아 출신 만화가, 작가. 스탠 리와 함께 스파이더맨과 닥터 스트레인지를 창조했다.

90) 민트(Mint)급, 화폐에 사용되는 용어로 새 책에 가까운 상태를 의미한다.

91) 토르(Thor), 북유럽 신화에서 따온 마블의 캐릭터로 천둥의 신.

92) 레이아웃 맨(layout Man), 만화의 그림을 지면에다 배치하는 작업을 하는 사람.

93) 묠니르(mjolnir), 북유럽 신들이 쓰는 무기로 토르의 해머(천둥)이다.
94) NASA(미국 항공 우주국, National Aeronautics and Space Administration), 미국의 각종 우주 개발 계획의 중심기관.

95) 앤트맨(Ant-Man)의 탄생을 이야기하고 있다. 스탠 리가 창조한 앤트맨은 곤충학자이자 생화학자다. 신체의 크기를 변형시킬 수 있는 희귀 이원성 입자를 사용할 수 있으며 곤충들과 대화를 나눌 수 있고 몸을 축소시킬 수 있다.
96) 헨리 핌(Henry "Hank" Pym), 스탠 리가 창조한 헨리 핌 박사는 곤충학자로 1대 앤트맨이다. 그는 울트론을 제작했다. 1960년대 실버에이지에 창조된 슈퍼히어로 중 대표적인 캐릭터.

97) 와스프(Wasp), 헨리 "행크" 핌(Henry "Hank" Pym)의 애인으로 어벤져스의 원년 멤버. 앤트맨처럼 작아지는 능력이 있다.

98) 돈 헥(Don Heck: 1929~1995), 마블의 일러스트레이터. 아이언 맨, 어벤져스 등의 작품에 참여했다.

99) 불펜(Bullpen), 야구팀에 빗댄 표현.

100) 퓨리(Fury), 스탠 리가 창조한 히어로. 본명은 니콜라스 조셉 퓨리. 닉 퓨리는 뉴욕태생으로 1, 2차 대전에 참전한 히어로이다. 빌런 하이드라(Hydry)와 싸우기 위해 쉴드를 창설했으며 쉴드의 국장이다. 닉 퓨리는 1963년 Sgt. Fury and his howling commandos에 처음 등장했다.
101) 제임스 본드(James Bond), 영국 작가 이언 플레밍의 작품에 나오는 가상의 영국 첩보원. 살인면허 007로 유명하다.

102) 이후 국제 여론의 눈치를 보고 '국제 첩보'에서 미국 내부의 일로 축소해 1991년에 이름을 바꾸고 영화화했으며, 그후에 또 전략적 국토 개입 및 집행 병참국으로 이름을 바꾼다.
103) 짐 스테란코(Jim Steranko, 1938~), 미국 펜실베니아 출신 그래픽 아티스트, 코믹 북 작가, 만화가로 1960년대 실버에이지 시대 쉴드 탄생에 참여했다.

104) 오손 웰즈(Orson Welles, 1915~1985), 미국의 배우, 영화감독으로 영화 역사상 가장 위대한 작품으로 손꼽히는 '시민 케인'을 연출했다.
105) 벨라 루고시(Bela Lugosi, 1882~1956), 오스트리아 헝가리 제국 출신의 배우.

106) 프래터니티(Fraternity), 미국과 캐나다 대학 남학생들의 학내 동호회. 여학생은 소로리티(sorority).

107) 바드 칼리지(Bard College), 뉴욕주에 위치한 명문 사립대학.
108) 프린스턴(Princeton) 대학교, 미국 뉴저지 프린스턴에 있는 명문 사립대학. 아이비리그에 속한 대학교.

109) 슈퍼맨은 DC 코믹스의 대표 캐릭터.

110) 브라이언 싱어(Bryan Singer, 1965~), 미국 영화감독, PD. 주요작품으로 아포칼립스(2016), 엑스맨 오브 퓨처 패스트(2014) 등이 있다.
111) 이안 맥켈런(Ian Mckellen, 1939~), 영국 출신 배우. 호빗 다섯군대 전투(2014) 주연.
112) 패트릭 스튜어트(Patrick Stewart, 1940~), 영국 출신 배우. 엑스맨의 자비에 역.

113) 자비에(Xavier)라는 이름 맨 앞 철자가 X다.

114) 언케니 엑스맨(Uncanny X-Men), 기묘한 돌연변이들.
115) 크리스 클레어몬트(Chris Claremont, 1950~), 영국 출신의 미국 코믹 북 작가, 소설가. 마블 코믹스의 언케니 엑스맨(Uncanny X-men)등 작업에 참여했고 많은 뮤턴트를 창조했다.
116) 랜 웨인(Len Wein, 1948~), 뉴욕 출신 미국 코믹 북 작가, 편집자.
117) 존 번(John Byrne, 1950~), 영국 출신 코믹 북 작가, 예술가. 울버린 탄생에 기여했다.

118) 플로 스텐버그(Flo Steinberg), 스탠 리의 비서

119) 네이머(Namor the Sub-Mariner), 마블의 슈퍼히어로로.

120) 불펜 불리틴(Bulpen Buletins), 월간 코믹스 각권 마지막에 있는 마블의 새로운 소식, 정보 페이지.
121) M,M,M,S(Merry Marvel Marching Society), 즐거운 마블 행진단.
122) 아티 시맥(Artie Simeck, 1916~1975), 미국 출신. 마블 코믹스 실버 에이지 시대에 활동한 레터러.
123) 솔 브로스키(Soloman Brodsky, 1923~1984), 뉴욕 출신 코믹 북 아티스트. 1960년대 실버 에이지 시대에 활동했다.

124) 밥 포웰 (Bob Powell, 1916~1967), 미국 출신 코믹 북 아티스트. 골든 에이지 시대(1930년대~1940년대) 당시부터 활동했다.

125) FOOM(Friends of old Marvel), 마블의 오랜 친구들 약자.

126) 지미 카터(Jimmy Carter, 1924~), 미국 제 39대 대통령. 2002년 노벨 평화상 수상.
127) 그린 고블린(Green Goblin), 스파이더맨의 적으로 나오는 캐릭터. 칼날이 달린 호버보드를 타고 다닌다.

128) 존 로미타 주니어(John Romita Jr. 1956~), 미국 코믹 북 아티스트. 마블 코믹스에 1970년부터 2010년까지 재직했다.

129) 타이거(Tiger), 남자를 부르는 애칭.

130) 잭팟(Jackpot), 도박이나 복권 등에서 딴 거액의 상금. 대박을 의미한다.

131) 조지 투스카(George Tuska, 1916~2009), 미국 출신 화가. 코믹 북과 신문연재 만화계에서 활동했다.

132) 마이크 프리드리히(Mike Friedrich, 1949~), 미국 출신 코믹 북 작가이자 편집자. 마블 코믹스와 DC 코믹스에서 근무했다.

133) JLA, 저스티스리그.

134) 밥 케인(Bob Kane, 1915~1998), 미국의 코믹 북 작가, 만화가. DC 코믹스에서 배트맨을 창조했다.

135) 스톡옵션(Stock Option), 기업이 임직원에게 일정수량의 자기회사의 주식을 일정한 가격으로 매수할 수 있는 권리를 부여하는 제도를 말한다. 시세보다 적은 금액으로 자사 주식을 매입하고 임의로 처분할 수 있는 권한을 주는 제도.

136) 닐 애덤스(Neal Adams, 1941~), 미국의 만화가. DC 코믹스의 만화 시리즈 《슈퍼맨》, 《배트맨》, 《그린 애로》 등에서 작화를 담당했다. 1998년 아이스너상 명예의 전당에 이름이 올랐으며, 이듬해에는 하비상 잭 커비 명예의 전당에도 입성했다.

137) 월터 사이먼슨(Walter "Walt" Simonson, 1946~), 미국의 만화가. 1983년부터 87년까지 마블 코믹스의 《토르》 시리즈의 글과 그림을 담당한 것으로 유명하며, 이때 베타 레이 빌 캐릭터를 창조해냈다. 마블에서 《엑스팩터》와 《판타스틱 포》도 담당했으며 DC 코믹스에서는 《디텍티브 코믹스》, 《메탈맨》 등을 담당했다.

138) 코믹스 원고는 그 자체로서 대단한 가치를 지닌 작품이다.

139) 로이 토마스(Roy William Thomas Jr, 1940~), 작가, 편집자. 마블 코믹스에서 스탠 리 후임으로 편집장에 취임. 코난을 코믹스의 슈퍼히어로로 소개한 인물.

140) 배리 윈저스미스(Barry Windsor-Smith, 1949), 영국 출신의 코믹 북 일러스터레이터, 화가. 1970년에서 1973년까지 마블 코믹스에서 '코난 더 바바리안' 작업에 참여했다.

141) 존 부쉐마(John Buscema, 1929~2002), 뉴욕 출신 펜슬러, 잉커. 1960년대에서 1970년대까지 마블 코믹스에서 활동한 예술가.

142) 로버트 E. 하워드(Robert E. Howard, 1906~1936), 미국 펄프잡지의 전성기에 장르문학으로 명성을 얻은 작가. 검과 마법(Sword and Sorcery)이라는 판타지 장르의 개척자. 코난 캐릭터를 창조했다.

143) 폴 매카트니(Paul McCartney, 1942~), 영국의 가수이자 비틀즈의 멤버. 비틀즈의 대표곡으로 꼽히는 《예스터데이》와 《헤이 주드》 등을 작곡했다.

144) 비틀즈(The Beatles), 영국의 4인조 록 그룹으로 20세기 가장 위대한 대중가수 중 하나이다.

145) 폴 매카트니 앤 윙스(Paul McCartney & Wings), 비틀즈 해산 후 폴 매카트니가 1971년에 전부인 린다 매카트니와 함께 만든 그룹.

146) 레게(Reggae), 카리브해에 있는 자메이카에서 발생한 대중음악 장르.

147) 슈퍼볼(Super Bowl), 미국 프로미식축구 내셔널리그 및 아메리칸리그 우승팀이 최종 우승을 겨루는 챔피언 결정전.

148) 버펄로(Buffalo), 미국 뉴욕 주의 서부에 있는 도시.

149) 키스(Kiss), 1973년 뉴욕에서 결성되어 1974년에 데뷔한 헤비메탈 그룹. 마블 코믹스의 히어로처럼 키스 멤버들의 경력을 픽션으로 꾸민 코믹스 초판이 1977년 여름에 출간되었다.

150) 제리 콘웨이(Gerry Conway, 1952~), 미국의 코믹 북, 드라마 작가. 마블의 퍼니셔 창조에 참여했고 DC의 저스티스리그에도 참여했다.

151) 쾌락의 궁전(The pleasure Place), 1987년에 간행된 스탠 리의 부인 조안 리의 소설. 30개국에서 출판되었다.

152) 짐 슈터(Jim Shooter, 1951~), 마블 코믹스의 편집장.

153) 켄 존슨(Kenneth Jonson, 1942~), 미국의 시나리오 작가, 영화감독, 제작자. 작품으로 텔레비전 드라마 '브이(V)시리즈'와 '두 얼굴의 사나이' 등이 있다.

154) 에이전트 오브 쉴드(Agents of S.H.I.E.L.D), 아이언맨2, 토르1, 어벤져스1에서 나온 MCU(마블 시네마틱 유니버스)의 오리지널 캐릭터인 쉴드 요원 '에이슨트 콜슨'과 원삭의 캐릭터 '퀘이크', 즉 데이지 올슨을 주인공으로 한 TV 드라마 시리즈. ABC 방송에서 방영 중이며, 현대 마블의 TV시리즈의 초석이 되는 작품이다.

155) 에이전트 카터(Agent Carter), 《캡틴 아메리카 : 퍼스트 어벤저》에 나온 페기 카터를 주인공으로 쉴드 초창기 이야기를 다룬 TV 드라마 시리즈. 시대 배경을 잘 살렸으며 여성 캐릭터의 묘사가 페미니즘적인 작품. ABC 방송에서 방영했다.

156) 반 누이스(Van Nuys), 미국 로스앤젤리스에 있는 지역.

157) 이상한 나라의 앨리스, 영국 출신 작가 루이스 캐럴의 동화 제목. 앨리스라는 소녀가 꿈 속에서 토끼굴에 떨어져 이상한 나라로 여행하면서 겪는 일들이 나온다.

158) 카덴스 샤(Cadence Industries), 1968년에서 1986년까지 마블 코믹스의 모(母)회사였다.

159) 론 펄먼(Ronald Francis "Ron" Perlman, 1950~), 미국의 텔레비전, 영화배우이자 성우.

160) 로날드 펄만(Ronald Owen Perelman, 1943~), 미국의 사업가. 세계 80대 거부 중 하나.

161) 스미소니언(Smithsonian) 박물관, 미국 워싱턴 D.C에 있는 세계 최대 규모의 박물관.

162) 이베이(eBay), 세계 최대의 온라인 경매, 인터넷 쇼핑몰 회사.

163) 미국 만화의 1930년대 후반부터 1940년대 후반 또는 1950년대 초반까지의 시대를 골든 에이지라고 말한다.

164) 칼 이칸(Carl Icahn, 1936~), 미국의 사업가. 기업의 인수 합병과 관련한 전문 투자가.

165) 미국의 파산법, 제 11조항이 법인의 파산과 관련된 부분이다.

166) 아비 아라드(Avi Arad, 1948~), 이스라엘계 미국인 사업가, 영화 제작자. 1990년대 토이 비즈의 CEO가 되었으며, 이후 마블 엔터테인먼트의 수석 크리에이티브 오피서, 마블 스튜디오의 설립자 겸 최고경영자(CEO)가 되었다.

167) 이삭 펄머터(Isaac, Ike Purlmutter, 1942~), 마블 엔터테인먼트 최고경영자(CEO).

168) 롱샷(long shot), 카메라를 피사체로부터 멀리 하여 전경을 모두 찍을 수 있도록 하는 촬영 방법.

169) 클로즈업(close-up), 영화나 텔레비전에서 등장하는 배경이나 인물의 일부를 화면에 크게 나타내는 촬영 방법.

170) 파비오 란초니(Fabio Lanzoni, 1959~)는 흔히 파비오(Fabio)라는 이름으로 널리 알려져 있는 이탈리아의 배우이자 모델.

171) 빌 클린턴(William Jefferson Blyth Ⅲ Cliton, 1946~), 미국의 제 42대 대통령.

172) 트로피 와이프, 1989년 미국의 경제지 포춘이 처음 유행시킨 말로 원래는 '성공한 남성이 트로피처럼 미모의 아내를 취하는 것'을 의미하거나 돈 많고 나이 많은 남자의 젊고 매력적인 아내를 표현하는 말이다. 그러나 여기에서는 스탠이 자신의 부인에 대한 애정을 과시하는 농담으로 표현했다.

173) 힐러리 클린턴(Hillary Diane Rodam Clinton,1947~), 미국의 정치인. 빌 클린턴의 부인.

174) 길 챔피언(Gill Champion), POW 엔터테인먼트의 대표경영자.

175) pow는 코믹스에서 주먹질을 묘사하는 효과음이기도 하다.

176) 에로티카 존스(Erotica Jones), 이 캐릭터의 외모는 캐나다 출신 영화배우 파멜라 앤더슨(Pamela Anderson)을 모델로 했다.

177) 울티모(Ultimo), 국내에서 발행될 때 제목은 '기교동자 울티모'.

178) 리얼 TV(Reality TV), 배우가 아닌 일반들의 실생활을 담은 TV 오락 프로.

179) 레드 스컬(Red Skull), 마블 코믹스에 등장하는 슈퍼빌런으로 독일 출신이다.

180) 팀 버튼(Tim Burton, 1958~), 미국의 영화감독이자 작가. 연출한 영화는 '배트맨', '가위손' 등이 있다.

181) 마이클 키튼(Michael Keaton, 1951~), 미국의 배우. 프로듀서 겸 감독. 출연작으로 '비틀쥬스', ' 배트맨', '배트맨 2' 등이 있다.

182) 캐롤코 픽처스(Carolco Pictures), 미국 영화사. '람보', '레드 히트', '토탈 리콜', '원초적 본능' 등을 제작했으나 1995년 파산했다.

183) 제임스 카메론(James Cameron, 1954~), 캐나다 출신 미국 영화감독. '아바타', '타이타닉' 등을 연출했다.

184) 샘 레이미(Sam Raimi, 1959~), 미국 영화감독. '이블 데드', '다크맨', '퀵 앤 데드', '스파이더맨1,2' 등을 연출했다.

185) 토비 맥과이어(Tobey Maguire, 1975~), 미국 영화배우. '스파이더맨 1, 2, 3' 등 주연.

186) 커스틴 던스트(Kirsten Dunst, 1982~), 미국 영화배우. '스파이더맨 1, 2, 3', ' 브링 잇 온' 등 주연.

187) 알프레드 히치콕 (Alfred Hitchcock, 1899~1980), 영국 출신 영화감독. 스릴러 영화 장르의 대표적인 감독. '39계단', '사이코', '새' 등을 연출했다. 그는 자신이 연출하는 영화에 카메오로 출연하는 것으로 유명하다.

188) 윌리 럼킨(Willie Lumpkin), 스탠 리와 덴 카로에 의해 창조된 캐릭터로 영화 '판타스틱 포'에서 우편배달부(메일맨)로 널리 알려졌다. 이 영화에서 스탠 리가 윌리 럼킨 역을 했다.

189) 휴 헤프너(Hugh Hefner, 1926~), 미국 성인잡지 '플레이보이'의 창립자.

190) 이오지마 섬(Iwo Jima), 제2차 세계대전 당시 격전지.

191) 슈퍼히어로 스쿼드 쇼(The Super Hero Squad Show), 마블 애니메이션의 작품 제목.

192) 빅 히어로 6(Big Hero 6), 마블 스튜디오와 디즈니가 공동 제작한 애니메이션.

193) 쿠키영상(credit cookie, post-credit sequence), 클로징 크레딧 이후 혹은 도중에 나오는 짧은 영상.

194) 케빈 스미스(Kevin Smith,1970~), 미국 영화감독, 영화배우.

195) 프린세스 다이어리(The Princess Diaries, 2001), 게리 마샬 감독이 연출한 영화. 앤 해서웨이(Anne Hathaway), 헤더 마타라조(Heather Matarazzo) 등이 출연했다.

196) 줄리 앤드류스(Julie Andrews, 1935~), 영국 출신 영화배우. 대표작으로 '메리 포핀스(1964)'와 '사운드 오브 뮤직(1965)' 등이 있다.

197) 빅뱅이론(The Big Bang Theory), CBS TV 인기 시트콤.

198) 셸던 쿠퍼(Sheldon Cooper), 빅뱅 이론에 나오는 주인공 이름.

199) 마이클 E. 우스랜(Michael E. Uslan, 1951~), 미국 영화제작자.

200) 브루스 웨인(Bruce Wayne), DC 코믹스의 슈퍼히어로 배트맨의 실제 정체로 억만장자이자 자선사업가.

201) 클라크 켄트(Clark Kent), 조 슈스터(Joe Shuster)가 창조한 DC 코믹스사의 대표적인 영웅 '슈퍼맨'이 일반 시민으로 생활할 때의 이름.

202) 저스티스 리그(Justice League), DC 코믹스에서 창조된 슈퍼히어로들이 한자리에 모여 결성한 올스타 히어로 팀. 여기에 마블 코믹스가 창조한 스파이더맨은 나올 수가 없다는 의미이다.

203) 크립톤 행성(Planet Krypton), 슈퍼맨(Superman)이 태어난 별이다.

204) 아쿠아맨(Aquaman), DC 코믹스의 작품에 등장하는 슈퍼히어로이다. 스탠 리는 아쿠아(aqua)란 단어가 라틴어로 '물'이란 뜻이기 때문에 아쿠아맨이 물로 만들어졌다는 우스개를 했다.

205) 조지 워커 부시(George W. Bush), 미국 제 43대 대통령.

206) 올리비아 드 하빌랜드(Olivia De Havilland, 1916~), 미국 영화배우.

207) CNN, 미국의 24시간 뉴스 전문 유선 텔레비전 방송망.

208) 조지 클루니(George Clooney, 1961~), 미국 영화배우. '그래비티', '오션스 일레븐' 등 주연.

209) 브래드 피트(Brad Pitt, 1963~), 미국 영화배우. 배우자는 안젤리나 졸리. '벤자민 버튼의 시간은 거꾸로 간다', '트로이', '파이트 클럽' 등 주연.

210) 스티븐 스필버그(Steven Spielberg, 1946~), 미국 영화감독. '라이언 일병 구하기', '쉰들러 리스트', 'ET' 등 연출.

211) 안소니 홉킨스(Anthony Hopkins, 1937~), 영국 출신 영화배우. '양들의 침묵', '한니발' 등 주연.

212) 스탠 리의 코미카제(Stan Lee's Comikaze), 2011년부터 미국 LA 컨벤션 센터에서 열리는 이벤트로 만화, 호러, 사이파이, 게임, 팝 컬처 등 다양한 장르를 선보이는 행사.

213) 스탠 리 거리, 스탠 리를 기념하는 거리.

214) 어메이징(amazing), 어메이징 스파이더맨 제목에서 '놀라움'이란 표현을 가져왔다.

마블의 아버지 **스탠 리 회고록**

1판 1쇄 발행   2017년 1월 2일

저   자 | Stan Lee
번   역 | 안혜리
발행인 | 김길수
발행처 | (주)영진닷컴
주   소 | (우)08505 서울시 금천구 가산디지털 2로 123
　　　　월드메르디앙벤처센터 2차 1016호

등   록 | 2007. 4. 27. 제16-4189호

© 2017. (주)영진닷컴
ISBN | 978-89-314-5515-1

http://www.youngjin.com